Catherine

D0594816

LES ÉCHELLES DU LEVANT

AMIN MAALOUF

Les Échelles du Levant

ROMAN

GRASSET

ISBN : 978-2-253-14424-3 - 1re publication - LGF

pour Odile Cail

Cette histoire ne m'appartient pas, elle raconte la vie d'un autre. Avec ses propres mots, que j'ai seulement agencés quand ils m'ont paru manquer de clarté ou de cohérence. Avec ses propres vérités, qui valent ce que valent toutes les vérités.

M'aurait-il menti quelquefois ? Je l'ignore. Pas sur elle, en tout cas, pas sur la femme qu'il a aimée, pas sur leurs rencontres, leurs égarements, leurs croyances, leurs désillusions ; de cela j'ai la preuve. Mais sur ses propres motivations à chaque étape de sa vie, sur sa famille si peu commune, sur cette étrange marée de sa raison – je veux dire ces flux et reflux incessants de la folie à la sagesse, de la sagesse à la folie –, il est possible qu'il ne m'ait pas tout dit. Cependant, je le pense de bonne foi. Mal assuré sans doute dans sa mémoire comme dans son jugement, je veux bien l'admettre. Mais constamment de bonne foi.

C'est à Paris que je l'ai croisé, pur hasard, dans une rame de métro, en juin 1976. Je me souviens d'avoir murmuré : « C'est lui ! » Il m'avait fallu quelques secondes à peine pour le reconnaître.

Je ne l'avais jamais rencontré jusque-là, ni entendu son nom. J'avais seulement vu une image de lui dans un livre, des années plus tôt. Ce n'était pas un homme illustre. Enfin si, en un sens il l'était, puisqu'il avait sa photo dans mon manuel d'histoire. Mais il ne s'agissait pas du portrait d'un

9

grand personnage avec son nom inscrit dessous. La photo montrait une foule rassemblée sur un quai ; à l'arrière-plan un paquebot qui emplissait l'horizon, sauf pour un carré de ciel ; la légende disait que pendant la Seconde Guerre, quelques hommes du Vieux Pays étaient allés se battre, en Europe, dans les rangs de la Résistance, et qu'à leur retour, ils avaient été accueillis en héros.

De fait, au milieu de la foule, sur le quai, il y avait une tête de jeune homme ébloui. Les cheveux clairs, les traits lisses, un peu enfantins, le cou tendu sur le côté, comme s'il venait de recevoir à l'instant cette guirlande qui l'ornait.

Que d'heures j'avais passées à contempler cette image ! À l'école, nous avions eu quatre classes de suite le même manuel d'histoire, nous étions censés étudier une période chaque année : d'abord l'Antiquité glorieuse, des cités phéniciennes aux conquêtes d'Alexandre ; puis les Romains, les Byzantins, les Arabes, les croisés, les Mamelouks ; ensuite les quatre siècles de domination ottomane ; enfin les deux guerres mondiales, le mandat français, l'indépendance… J'étais, quant à moi, bien trop impatient pour attendre le déroulement du programme. L'histoire était ma passion. Dès les premières semaines, j'avais parcouru tout le livre, je ne me lassais pas de le lire et relire, les pages s'en étaient trouvées, l'une après l'autre, pliées, froissées, écornées, abondamment soulignées, maculées de gribouillis, de notes, d'interjections en guise de commentaires ; à la fin il ne restait plus de l'ouvrage qu'une piteuse pelote de feuilles effilochées.

Cela pour dire que j'avais eu tout loisir de scruter cette image, et d'en retenir chaque détail. Ce qui m'y fascinait ? Sans doute y avait-il dans ce rectangle en noir et blanc, pas plus grand que la paume de ma main, tout ce dont, à cet âge, je rêvais : le voyage en mer, l'aventure, le dévouement ultime, la gloire, et plus que tout peut-être ces jeunes filles au visage tourné vers le dieu victorieux...

À présent, le dieu était là. Devant moi, à Paris, debout dans le métro, agrippé à un pilier métallique, inconnu cerné par une foule d'inconnus. Mais toujours ce regard ébloui, ces traits lisses de vieil enfant, cette tête aux cheveux clairs, aujourd'hui blancs, hier peut-être blonds. Et toujours ce cou tendu sur le côté, comment ne pas le reconnaître ?

Quand il descendit à la station Volontaires, je lui emboîtai le pas. J'allais à un rendez-vous, ce jour-là, mais j'avais fait mon choix : la personne que je devais voir, je pourrais toujours la rappeler en fin d'après-midi, ou le lendemain ; lui, si je perdais sa trace, j'étais persuadé de ne plus le revoir, jamais.

Au moment de sortir dans la rue, il s'arrêta devant le plan du quartier. S'en approcha, jusqu'à y coller son nez, puis recula, cherchant la bonne distance. Ses yeux le trahissaient. C'était ma chance, je vins vers lui.

— Je peux peut-être vous aider...

J'avais parlé avec l'accent du Vieux Pays, qu'il reconnut par deux trois mots d'accueil et un sourire bienveillant ; auquel succéda toutefois une forte expression de surprise. J'y vis alors une marque de méfiance, et je ne crois pas m'être trompé. De la méfiance, oui, et même une sorte de frayeur honteuse. Celle d'un homme se disant qu'on l'a peut-être filé, mais qui n'en est pas sûr, et qui répugne à paraître injustement revêche ou discourtois.

— Je suis, dit-il, à la recherche d'une rue qui devrait être toute proche. Elle porte le nom d'Hubert Hughes.

Je ne tardai pas à la repérer.

— La voici. Ils ont juste écrit H. Hughes, en caractères illisibles...

— Merci de votre complaisance ! Merci d'avoir incriminé les auteurs du plan plutôt que mes yeux vieillissants !

Il parlait avec une douce lenteur, comme s'il devait épousseter chaque mot avant de le produire. Mais ses phrases étaient toujours correctes, soignées, sans ellipses ni contractions, sans tournures familières ; parfois même, au contraire, vieillottes et désuètes, comme s'il avait plus souvent conversé avec des livres qu'avec ses semblables.

— Par le passé, je me serais orienté d'instinct, sans même consulter un plan ou une carte...

— Ce n'est pas loin. Je peux vous y conduire. Je connais le quartier.

Il me pria de n'en rien faire, mais c'était pure politesse. J'insistai, et en trois minutes, nous y étions. Il s'arrêta à l'angle de la rue, la parcourant lentement des yeux avant de dire, quelque peu dédaigneux :

— C'est une petite rue. Une bien petite rue. Mais enfin, c'est une rue.

L'extrême banalité de la remarque finissait par lui conférer à mes yeux une sorte d'originalité.

— Quel numéro cherchez-vous ?

Je lui tendais, n'est-ce pas, la perche du bon sens. Il ne la saisit pas.

— Aucun numéro en particulier. Je venais seulement voir la rue. Je vais la remonter, puis la redescendre sur le trottoir d'en face. Mais je ne voudrais pas vous retenir, vous devez avoir vos occupations. Merci de m'avoir accompagné jusqu'ici !

Au point où j'en étais, je ne voulais plus m'en aller ainsi, j'avais besoin de comprendre. L'apparente bizarrerie du personnage ne m'avait pas rendu moins curieux. Je décidai d'ignorer ses derniers propos, comme s'ils n'étaient qu'une politesse de plus.

— Vous devez avoir des souvenirs dans cette rue !

— Non. Je n'étais jamais venu ici.

Nous marchions de nouveau côte à côte. Moi l'observant, par coups d'œil successifs, et lui, nez en l'air, admirant les immeubles.

— Des cariatides. Un art solide et rassurant. Une belle rue bourgeoise. Un peu étroite... Les étages inférieurs doivent être sombres. Sauf peut-être là-bas, du côté de l'avenue.

— Vous êtes architecte !

Ma phrase avait fusé comme une réponse à une devinette. Avec, tout juste, pour ne pas donner l'impression d'une trop grande familiarité, une infime touche interrogative.

— Pas du tout.

Nous étions déjà au bout de la rue, il s'arrêta net. Leva les yeux pour lire la plaque bleue et blanche. Puis les baissa en signe de recueillement ; ses mains ballantes le long du corps se rejoignirent bientôt sur le devant, les doigts curieusement entremêlés, comme pour retenir un chapeau imaginaire.

Je vins me mettre derrière lui.

Rue Hubert-Hughes
Résistant
1919-1944

J'attendis qu'il se soit relâché, puis retourné vers moi, pour demander, d'une voix honteuse, comme lorsqu'on chuchote au milieu d'un enterrement :

— Vous l'aviez connu ?

Il répondit sur le même ton de confidence :

— Son nom ne me dit rien.

Insensible à ma perplexité, il retira de sa poche un calepin et prit quelques brèves notes. Avant de me dire :

— On m'a affirmé qu'il y avait à Paris trente-neuf rues ou avenues ou places qui portent des noms de résistants. J'en avais visité vingt et une, avant celle-ci. Il m'en reste dix-sept. Seize si j'exclus la place Charles-de-Gaulle, que j'ai traversée autrefois, quand elle s'appelait « l'Étoile »...

— Et vous comptez les visiter toutes ?

— En quatre jours, j'ai largement le temps.

Pourquoi quatre jours ? Je ne voyais qu'une explication :

— Après, vous rentrez au pays ?

— Je ne crois pas...

Il eut soudain l'air embarqué dans ses pensées, très loin de moi et de ladite rue Hubert-Hughes. Avais-je eu tort de mentionner le pays, le retour ? Mais peut-être était-ce l'évocation de ces « quatre jours » qui le mettait ainsi d'humeur méditative.

Je ne pouvais m'immiscer plus avant dans son âme. Aussi préférai-je dévier la conversation.

— Vous n'avez donc pas connu Hubert Hughes, mais ce n'est sûrement pas par hasard que vous vous intéressez à la Résistance...

Il mit du temps à répondre. Il tardait à revenir sur terre.

— Vous disiez?

Je dus répéter mon observation.

— C'est vrai, j'étais venu faire mes études en France pendant la guerre. Et j'ai connu des résistants.

Je faillis parler de la photo, de mon manuel d'histoire... J'y renonçai bien vite. Il aurait compris que je l'avais suivi intentionnellement. Il aurait supposé que je l'avais épié, peut-être depuis des jours, que je nourrissais quelque vil dessein... Non, mieux valait feindre l'ignorance.

— Vous avez sans doute perdu des amis, en ces années-là.

— Quelques-uns, en effet.

— Vous-même, vous n'aviez pas pris les armes?

— Non.

— Vous préfériez vous consacrer à vos études...

— Pas vraiment... Je m'étais retrouvé dans la clandestinité, moi aussi. Comme tout le monde.

— Tout le monde n'était pas dans le maquis, à l'époque. Vous me semblez trop modeste.

Je crus qu'il allait protester. Il ne dit rien. Alors je répétai: «Vous me paraissez décidément trop modeste!», sur un ton enjoué, et comme s'il s'agissait d'une conclusion plutôt que d'une interrogation. Vieille ruse de journaliste qui opéra à merveille, car il devint soudain loquace. Et si ses phrases demeuraient lentes, elles n'en étaient pas moins enflammées.

— Je ne vous dis que la vérité! J'étais entré dans la clandestinité, comme des milliers d'autres. Je n'étais ni le plus jeune ni le plus âgé, ni le plus peureux ni le plus héroïque. Je n'ai accompli aucun exploit mémorable...

15

Par une sorte d'élégance des mots et des gestes, il parvenait à se montrer indigné sans manifester la moindre hostilité à l'interlocuteur insistant que j'étais.

— Quelles études faisiez-vous ?

— La médecine.

— Et vous les avez reprises, j'imagine, après la guerre.

— Non.

Un « non » trop sec. J'avais heurté quelque chose en cet homme. Il repartit dans ses pensées. Avant de me dire :

— Vous devez avoir mille choses à faire. Je ne veux pas vous retenir...

Poliment, il me congédiait. J'avais effectivement dû toucher un point douloureux. Mais je m'accrochai.

— J'ai, depuis trois ans, une vraie passion pour cette époque, la Guerre, la Résistance... J'ai dévoré des dizaines de livres sur ce sujet. Comment vous dire tout ce que représente pour moi le seul fait de parler ainsi avec un homme qui a vécu cela !

Je ne mentais pas. Et à son regard je sentis que j'avais un peu calmé ses réticences.

— Vous savez, dit-il, je suis comme un fleuve trop longtemps endigué. Qu'une brèche s'ouvre, et je ne me tairai plus. Surtout que je n'ai rien à faire durant les jours qui viennent...

— À part l'inventaire des seize ou dix-sept rues qui restent...

Il rit.

— Cela, je le fais pour meubler mes journées, en attendant...

J'eus de nouveau envie de lui demander ce qu'il attendait. J'eus peur qu'il ne s'échappât encore dans ses pensées, pour de bon. Il me sembla plus

16

sage de lui suggérer que nous allions nous asseoir dans un café, sur l'avenue voisine.

Quand nous fûmes installés, en terrasse, devant deux bières embuées, je revins à la charge. Au sujet de ses études interrompues.

— Au lendemain de la Libération, j'étais dans une sorte d'ivresse. Il m'a fallu du temps pour me dégriser. Beaucoup trop de temps. Après, je n'avais plus la tête à faire des études.

— Et vos parents ? Ils n'ont pas insisté ?

— C'est moi qui voulais être médecin. Mon père a toujours eu d'autres projets pour moi, il aurait voulu…

Il fit une pause. Peut-être une dernière hésitation, car il me regarda longuement comme s'il cherchait à me percer à jour avant de se livrer.

— Mon père aurait voulu que je devienne un grand dirigeant révolutionnaire.

Je ne pus m'empêcher de sourire.

— Oui, je sais, dans les familles normales, le père insiste pour que son enfant fasse la médecine, et le fils rêve de faire la révolution. Mais ma famille n'est pas de celles que l'on peut qualifier de «normales»…

— Votre père devait être, si je comprends bien, un révolutionnaire de la première heure.

— C'est sans doute ainsi qu'il se serait décrit. Disons plutôt que c'était un esprit rebelle. Pas du tout acariâtre, notez bien. Jovial, même, et bon vivant. Mais profondément révolté.

— Contre quoi ?

— Contre tout ! Les lois, la religion, les traditions, l'argent, la politique, l'école… Ce serait trop long à énumérer. Contre tout ce qui changeait, et tout ce qui ne changeait pas. Contre « la bêtise et le mauvais goût et les cerveaux encrassés », disait-il. Il rêvait de gigantesques chambardements...

— Qu'est-ce qui l'avait amené à une telle attitude ?

— Difficile à dire. Mais il est vrai qu'il a connu, dans ses premières années, certaines circonstances qui ont pu alimenter sa rancœur...

— Je suppose qu'il venait d'un milieu défavorisé...

— Pauvre, vous voulez dire ? Là, vous n'y êtes pas, mon jeune ami, vous n'y êtes pas du tout. Notre famille...

En prononçant ces mots, il baissa les yeux, comme par honte. Mais je crois bien qu'il voulait plutôt dissimuler sa fierté.

Oui, en y repensant aujourd'hui, j'en suis persuadé, c'est de sa fierté qu'il avait honte lorsqu'il me dit :

— Je viens d'une famille qui a longtemps gouverné l'Orient.

Ce jour-là, nous avions parlé et parlé jusque tard dans la nuit. Au café, d'abord ; puis au fil d'une promenade à travers la ville éclairée ; enfin le soir, attablés dans une brasserie, place de la Bastille.

À quel moment précis ai-je eu l'idée de lui faire raconter sa vie, tout entière d'un bout à l'autre ? Dès nos premiers échanges, me semble-t-il, je fus séduit par cette manière qu'il avait d'évoquer certains épisodes à mes yeux remarquables en donnant l'impression de vouloir s'excuser. Cette modestie non feinte m'était éminemment sympathique. De même que cette fragilité qui transparaissait dans chacun de ses sourires ; dans son regard aussi, qui mendiait mon approbation et s'inquiétait de mes rares gestes de lassitude ; ainsi que dans ses mains qui sans cesse voltigeaient, sans cesse tournoyaient, ou alors s'imbriquaient l'une en l'autre, des mains longues et lisses dont on devinait qu'elles n'avaient jamais travaillé, et dont il ne semblait toujours pas savoir à quoi elles pouvaient lui servir.

Il serait fastidieux de dire comment j'ai obtenu son accord. Fastidieux et trompeur, car aujourd'hui je sais que s'il a bien voulu se prêter au jeu, ce fut pour une raison qui n'a rien à voir avec mes arguments ou mes habiletés.

Je m'explique : cette fameuse chose qu'il devait attendre quatre jours, et sur laquelle je n'avais toujours pas osé l'interroger, elle le tourmentait sans arrêt ; il ne voulait pas y penser, et en même temps, il se sentait incapable de penser à autre chose. C'est cette peur de se retrouver en tête à tête avec lui-même, qui, plus que la nostalgie, l'avait amené à faire ainsi le tour des rues consacrées aux héros de la Résistance. La rencontre avec moi lui offrait un dérivatif plus efficace encore. J'allais l'accaparer tout au long de ces journées d'attente, le secouer, le titiller, le harceler, l'obligeant à revivre heure après heure son passé au lieu de ruminer l'avenir.

Jeudi matin

D'après mes notes, je l'avais rencontré un mercredi. Le lendemain matin, dès neuf heures, nous étions dans sa chambre d'hôtel, étroite mais haute de plafond, sur les murs une étoffe couleur d'herbe semée de marguerites plates ; étrange gazon vertical...

Il m'invita à m'asseoir sur l'unique fauteuil, préférant quant à lui arpenter la pièce.

— De quoi voudriez-vous que nous parlions en premier ? demanda-t-il.

— Le plus simple serait de commencer par le commencement. Votre naissance...

Il déambula deux bonnes minutes en silence. Puis répondit par une question.

— Êtes-vous certain que la vie d'un homme commence à la naissance ?

Il n'attendait pas de réponse. C'était seulement une manière d'introduire son récit. Je lui laissai donc la parole, me promettant d'intervenir le moins souvent possible.

Ma vie a commencé, dit-il, un demi-siècle avant ma naissance, dans une chambre que je n'ai jamais visitée, sur les rives du Bosphore. Un drame s'est produit, un cri a retenti, une onde de folie s'est propagée, qui ne devait plus s'interrompre. Si bien qu'à ma venue au monde, ma vie était déjà largement entamée.

Istanbul avait connu certains événements. Graves pour les contemporains ; à nos yeux, dérisoires. Un monarque avait été déchu, son neveu l'avait remplacé. Mon père m'en a entretenu vingt fois, en me citant des noms, des dates... J'ai tout oublié, ou presque. Peu importe, d'ailleurs. Pour ma propre histoire, seul conserve quelque importance ce cri, ce hurlement qu'une jeune femme a poussé ce jour-là.

Le souverain déchu avait été assigné à résidence aux abords de la capitale. Interdit de sorties, interdit de visites, sauf autorisation préalable. Séparé des siens, à l'exception de quatre vieux serviteurs. L'homme était désemparé. Mélancolique, hagard, comme assommé. Déjà anéanti. Il avait nourri de grands rêves pour l'Empire, des rêves d'avancement, de grandeur retrouvée ; il se croyait aimé de tous, il ne comprenait pas ce silence qui l'enveloppait. Il ressassait ses amertumes : il n'avait pas su choisir ses proches, ils l'avaient tous mal conseillé, ils avaient abusé de ses largesses ; oui, tous l'avaient trahi !

Il s'était enfermé dans sa chambre. « Je sais que plus personne ne veut m'obéir, mais si quelqu'un s'avise de pénétrer ici, je l'étranglerai de mes propres mains ! » On l'avait donc laissé à lui-même toute la nuit, puis la matinée entière. Jusqu'à l'heure du déjeuner. On avait alors frappé à sa porte. Il n'avait même pas répondu. On s'était inquiété ; mais qui aurait osé défier ses ordres ?

Les serviteurs s'étaient consultés. Une seule personne au monde pouvait lui désobéir sans encourir sa colère. Sa fille, son enfant bien-aimée, Iffett. Elle et lui étaient liés par une profonde affection, il ne lui refusait rien. Elle avait des professeurs de piano, de chant, de français, d'allemand. Elle osait même en sa présence s'habiller à l'européenne, avec des robes qu'elle rapportait de Vienne ou de Paris. Elle seule pouvait franchir sans risque la porte du souverain déchu.

On obtient l'autorisation des nouvelles autorités, et on la fait venir. Elle essaie d'abord de tordre doucement la poignée. Mais la porte ne s'ouvre pas. Elle demande à ceux qui l'accompagnent de s'éloigner, et appelle : « Père, c'est moi, Iffett. Je suis seule. » Pas de réponse. Toute tremblante, elle ordonne aux gardes de forcer la porte, leur jurant qu'elle en prendra seule l'entière responsabilité. Deux épaules vigoureuses s'y mettent. La porte cède. Les deux gaillards s'enfuient sans même jeter un coup d'œil dans la pièce.

La fille entre. Appelle encore. « Père ! » Fait deux pas. C'est alors qu'elle pousse ce hurlement qui va retentir dans la chambre, dans le couloir, dans les vestibules, retentir dans les rues d'Istanbul, puis dans l'Empire tout entier ; et aussi, par-delà l'Empire, dans les chancelleries des Puissances.

Le souverain déchu avait les veines ouvertes et la gorge noircie. Ses vêtements avaient déjà bu son sang.

Un suicide ? Peut-être. Mais peut-être aussi un assassinat. Car des tueurs avaient bien pu passer par les jardins. On n'a jamais su la vérité. De toute façon, la question n'a plus d'importance, sauf pour quelques historiens…

Iffett demeurait là, figée dans sa terreur ; à son hurlement avait succédé une sorte de halètement. Dans ses yeux, bien des années plus tard, on pouvait deviner encore cette terreur.

Passé les premières semaines de deuil, comme elle rôdait encore dans les couloirs, avec le même regard, le même halètement, on avait dû se rendre à l'évidence : il ne s'agissait plus de l'affliction ordinaire de qui déplore un être cher ; Iffett, la fille préférée, l'enfant choyée, si joviale et coquette, venait de perdre la raison. Peut-être pour toujours.

Sa mère n'avait plus d'autre choix que de faire appel au vieux docteur Ketabdar. Descendant d'une famille de lettrés originaire de Perse, c'était lui qui soignait, dans les grandes demeures d'Istanbul, ceux qui donnaient des signes d'aliénation ; avoir recours à lui était déjà un aveu de détresse.

Le médecin connaissait la patiente. Il l'avait rencontrée six mois plus tôt, sous un tout autre jour. Venu traiter une servante atteinte d'hystérie, il avait entendu la princesse au piano. Elle jouait un air viennois, et il était resté là à l'écouter, debout près de la porte. Quand elle s'était arrêtée, il lui avait adressé quelques mots d'encouragement, en français. Elle lui avait répondu, toute souriante. Ils avaient échangé quelques phrases, et le vieil homme était reparti comblé. Il n'avait jamais oublié cette rencontre, cette musique, ces mains lisses, ce visage, cette voix.

Et lorsqu'il était entré de nouveau ce jour-là dans la salle où se trouvait le piano, et qu'il avait vu la même jeune fille aller et venir dans une grande agitation, qu'il l'avait entendue émettre des grognements de démente, les yeux égarés, les doigts cambrés, il n'avait pu réprimer ses larmes. La mère d'Iffett l'avait remarqué, et s'était mise à sangloter. Il s'en était voulu, il l'avait priée de lui pardonner ; il était censé réconforter les familles de ses patients, non les alarmer davantage.

« Et si je l'emmenais loin d'Istanbul ? avait demandé la mère. À Montreux, par exemple… » Hélas, non, s'était désolé le vieil homme, un voyage ne réglerait rien. S'il fallait certainement lui changer les idées, l'éloigner de tout ce qui pouvait lui rappeler le drame, cela ne suffisait pas. Dans l'état où elle se trouvait, elle devait être suivie en permanence par des personnes qualifiées. La mère avait serré les poings contre sa poitrine. « Jamais je ne laisserai enfermer ma fille dans un asile ! Plutôt mourir ! » Le médecin avait promis de réfléchir à une meilleure solution.

C'est en rentrant chez lui, ce soir-là, dans son carrosse, par les ruelles tapageuses de Galata, secoué, à moitié assoupi, que le docteur Ketabdar s'était pris à rêver d'une chose insensée. Qu'il était revenu pourtant le lendemain soumettre à la mère d'Iffett : puisque l'état de sa fille allait nécessiter des soins constants pendant des années, puisqu'il n'était pas question de l'interner, il se proposait de l'emmener à Adana, au sud de l'Anatolie, où il possédait une maison ; il se consacrerait à elle jour et nuit, mois après mois, année après année, elle serait sa seule patiente, et peu à peu, si Dieu le veut, elle recouvrerait ses esprits.

S'occuper d'elle jour et nuit, année après année ? Et dans sa propre maison ? La mère aurait jugé le médecin présomptueux et inconvenant s'il avait parlé ainsi en d'autres circonstances. Car ce qui n'était pas dit tel quel, et cependant clairement suggéré, c'est que le médecin – qui était veuf – envisageait de prendre Iffett pour épouse. En d'autres circonstances, disais-je, la chose aurait été impensable. Mais à présent plus personne ne pouvait songer à marier la fille désaxée du souverain déchu à l'un de ces hauts personnages qui naguère convoitaient cet honneur. La mère s'était donc résignée. Plutôt que de laisser interner sa fille jusqu'à la fin de ses jours, mieux valait la confier à cet homme respectable qui semblait la chérir, qui la soignerait, qui la préserverait de la honte et des scandales…

Étrange foyer, n'est-ce pas? Un vieux mari qui était avant tout un médecin traitant; une jeune épouse démente qu'il entourait de ses soins et de son affection, mais qui passait parfois des journées entières à geindre ou à hurler sans raison aux oreilles des serviteurs, les uns excédés, les autres apitoyés.

Nul ne doutait qu'il s'agissait là d'un mariage fictif, destiné seulement à éviter l'inconvenance d'une cohabitation sous le même toit d'un homme et d'une femme, jour et nuit à l'abri des regards. Mariage de convenance, donc, mariage d'apparence; ou plutôt de complaisance. Un acte de dévouement, en somme. Oui, de la part du vieux médecin, une action charitable.

Seulement, un jour, Iffett tomba enceinte.

Était-ce la conséquence d'un moment d'égarement? Ou bien le fruit d'une thérapie audacieuse? On pouvait se le demander!

Si j'en crois l'enfant du couple, qui n'est autre que mon père, c'est la seconde explication qu'il faudrait retenir: le docteur Ketabdar avait ses théories; il pensait démontrer qu'une femme comme la sienne, qui avait perdu la raison à la suite d'un choc, pouvait la recouvrer à la faveur d'un autre choc. La grossesse, la maternité... Mais surtout l'accouchement. Le choc brutal de la vie venant compenser le choc brutal de la mort. Le sang effa-çant le sang. Théories... Théories...

Parce qu'on pourrait tout aussi bien imaginer l'inverse : le mari médecin, constamment auprès de son épouse, l'habillant, la déshabillant, lui donnant le bain tous les soirs, une belle jeune femme qu'il chérissait profondément, au point de lui consacrer chaque instant de sa vie, comment aurait-il pu la contempler ainsi sans s'émouvoir ? Comment aurait-il pu parcourir de ses mains, de ses yeux la surface de son corps lisse sans que monte en lui le désir ?

D'autant qu'elle n'était pas toujours en état de crise. Elle semblait même donner, de temps à autre, des signes de lucidité. Oh, pas de véritable lucidité ! Je l'ai connue, à la fin de sa vie, et je l'ai observée. Elle n'a jamais été lucide au point de se rendre compte de son état. Et c'est tant mieux, elle en aurait trop souffert. Mais elle traversait de longues heures paisibles où elle ne hurlait pas, ne gémis-sait pas, où elle pouvait se montrer d'une grande tendresse à l'égard de ceux qui l'entouraient.

Parfois, elle se mettait à chanter, d'une voix chavirante et cependant mélodieuse. J'ai encore à l'oreille une chanson turque qui évoque les filles d'Istanbul en promenade sur les plages d'Osku-der. Et une autre, aux paroles obscures, où il était question de Trébizonde et de la mort. Quand ma grand-mère chantait, la maison entière faisait silence pour l'écouter. Elle pouvait être si atten-drissante. Avec un visage serein, et une allure gracieuse, jusqu'en ses derniers jours. J'imagine aisément que son mari ait pu avoir envie de la prendre dans ses bras. Et qu'elle se soit blottie contre lui avec un petit rire d'enfant sage. Après quoi, pour justifier la chose à ses propres yeux, le docteur Ketabdar aurait élaboré les théories adéquates. En toute bonne foi...

Lesquelles théories se sont révélées inopérantes, pourrait-on objecter, puisque dans sa vieillesse, ma grand-mère n'était toujours pas guérie ! Ce n'est pas aussi simple. Elle n'a pas été guérie, c'est exact, le choc salutaire ne s'est pas produit. Mais elle a su être pour son fils une mère aimante. Et quand elle a vécu avec nous, plus tard, dans la même maison, nous n'avons jamais ressenti sa présence comme un fardeau. Ses crises étaient espacées, et sans conséquences durables. Si la maternité ne l'avait pas guérie, elle n'avait certainement pas aggravé son cas, et il me semble qu'elle lui avait fait du bien. Mais peu de gens étaient prêts à voir les choses sous ce jour.

Le vieux médecin a été critiqué... Que dis-je, critiqué, il a été traîné dans la boue ! Un véritable déchaînement. De murmures, d'imprécations, d'insultes, de calomnies. Bien sûr, il était marié, le plus légalement, et nul ne pouvait reprocher à cet homme d'avoir conçu un enfant avec son épouse légitime. Mais on ne pouvait s'empêcher de penser qu'en raison des circonstances, il existait une sorte de contrat moral, et qu'en rendant enceinte cette femme qui n'avait plus sa raison, le docteur Ketabdar avait, d'une certaine manière, abusé d'elle, qu'il avait agi d'une manière irresponsable et indigne, contraire à toute éthique médicale, seulement guidé par ses basses envies...

Et quand, pour se défendre, il avait tenté d'exposer ses curieuses théories, il s'était déconsidéré un peu plus. Quoi ? disaient ses détracteurs.

User de son épouse comme d'une souris de laboratoire ?

Meurtri par l'hostilité qui l'assaillait de toutes parts au soir d'une vie exemplaire, le vieux médecin s'était laissé envahir par le sentiment d'avoir fauté, d'avoir trahi sa mission, et d'être tombé dans l'indignité.

Plus aucun de ses collègues, plus aucun membre de «l'auguste famille», plus aucun notable d'Adana ne voulait franchir le seuil de sa maison.

Mon père me disait : «On nous traitait comme des pestiférés ! »

Et il riait fort !

Notre maison à Adana, je ne l'ai pas connue, non, je ne l'ai même jamais vue. Mais elle s'est trouvée sur le parcours de ma vie, en amont, et je crois bien qu'elle a compté pour moi autant que les maisons que j'ai habitées.

Elle s'élevait au centre de la ville, et cependant à l'écart. Elle avait de hauts murs et un jardin d'arbres sombres. Bâtie en pierre de sable, elle rougissait sous la pluie et s'entourait, par temps sec, d'une fine poussière ocre. Les gens passaient près d'elle en affectant de ne pas la voir. Elle devait être pour eux le lieu d'insondables frayeurs; frayeurs liées à toute demeure appartenant à la famille régnante; frayeurs liées également à la présence de la folie; liées aussi au docteur Ketabdar, dont on disait à présent qu'il avait des pratiques occultes, inavouables.

Dans une telle maison, dans les bras d'un tel couple, l'enfant était un objet incongru, qui ajoutait encore à l'irréel de la situation. Il était là contre nature, en quelque sorte, on voyait en lui non pas un don du Ciel mais le produit d'un commerce avec les Ténèbres.

Lui, l'enfant, mon père, sortait peu. Il n'est jamais allé à l'école. Il avait ceci de commun avec d'autres marmots de lignée ottomane, c'était l'école qui venait à lui. Les premières années, il avait eu un précepteur en titre; puis, à mesure qu'il grandissait, divers maîtres pour les diverses matières. Il ne recevait jamais les gamins de son âge, et n'en visitait aucun, il n'avait pas d'amis, pas de fréquentations à l'exception de ses maîtres.

Ces derniers n'étaient pas des gens comme les autres. Les personnes qui acceptaient de venir chaque jour dans la maison «pestiférée» vivaient eux-mêmes, pour la plupart, en marge des convenances de leur temps. Le professeur de turc était un imam défroqué, le professeur d'arabe un Juif d'Alep chassé de sa famille, le professeur de français un Polonais, atterri Dieu sait comment dans cette ville d'Anatolie, et qui répondait au nom de Wassa – sans doute le diminutif d'un patronyme trois fois plus long...

Tant que le docteur Ketabdar était en vie, les maîtres se contentaient d'enseigner. À heures fixes. Aucun retard n'était toléré. Aucun débordement n'était apprécié. Ils écoutaient ses directives, lui rendaient compte des progrès de l'élève, et venaient chaque vendredi, en visite de courtoisie, pour toucher leurs appointements.

À la mort du vieux médecin, la discipline s'était relâchée. Mon père devait avoir seize ans. Plus personne ne lui tenait la bride. Les heures d'enseignement se prolongeaient désormais par d'interminables discussions, les maîtres étaient souvent priés à déjeuner, à dîner, tous à la fois. Une petite cour s'était formée autour du jeune homme. On y parlait de tout, et il était mal venu d'y professer des idées communes, de chanter indûment les louanges de la Dynastie ou de vanter les mérites de la Foi.

Un foyer de libre parole, comme il y en eut dans

toutes les villes de l'Empire, en ces années-là. Mais il ne faut pas croire qu'on ourdissait des complots dans notre maison d'Adana. On demeurait prudemment à l'écart de la politique. Il y avait dans le groupe trop d'étrangers, trop de minoritaires surtout – des Arméniens, des Grecs… –, toute mise en cause des autorités ottomanes les aurait embarrassés. Tout juste parlait-on quelquefois des suffragettes, de l'école obligatoire, de la guerre russo-japonaise, ou encore de quelques rébellions lointaines, au Mexique, en Perse, en Espagne, ou en Chine. C'est pour tout autre chose qu'on se passionnait : les découvertes, les nouvelles techniques. À la place d'honneur trônait la photographie. Et lorsqu'un jour, dans le feu d'une discussion, on eut l'idée de donner à ce cénacle un nom, ce fut, sans la moindre hésitation, « le Cercle Photographique ».

Comme il était le seul à avoir les moyens financiers d'une telle passion, mon père avait fait venir – de Leipzig, je crois – le matériel le plus récent, et des ouvrages d'initiation.

Plusieurs membres du Cercle devaient s'essayer à cet art, le plus talentueux de tous étant le professeur de sciences, Noubar, un Arménien. C'était aussi le plus jeune des maîtres, il avait juste six ou sept ans de plus que son élève. Entre eux allait naître une amitié durable.

De tels liens entre un Turc et un Arménien paraissaient déjà, à l'époque, très inhabituels. J'ai failli dire « anachroniques ». Et suspects, aussi. Des relations d'affaires, des échanges mondains courtois, de l'estime réciproque, oui, dans certains milieux, cela se voyait encore, semble-t-il ; une véritable amitié, une complicité profonde, non. Les rapports entre les deux communautés se détérioraient à vue d'œil, à Adana plus qu'ailleurs.

34

Mais ce qui se passait hors des murs de la maison Ketabdar n'avait guère d'incidence sur ce qui arrivait à l'intérieur. Peut-être même y produisait-il l'effet inverse : parce qu'une amitié véritable, une amitié fraternelle entre un Turc et un Arménien devenait chose rare, elle était d'autant plus précieuse pour les deux jeunes gens ; alors que tant d'autres proclamaient haut leur différence, eux deux revendiquaient pour seule différence leur amitié. Ils se juraient, avec une solennité un peu enfantine, que rien jamais ne les séparerait. Et aussi que jamais aucune occupation ne leur ferait délaisser leur passion commune, la photographie.

Quelquefois, lors des réunions du Cercle, ma grand-mère quittait sa chambre pour venir s'asseoir parmi eux. Ils poursuivaient leurs discussions, la regardaient parfois en parlant ; elle regardait aussi, semblait écouter avec intérêt ; ses lèvres bougeaient ; puis, sans raison apparente, elle se levait au milieu d'une phrase et repartait s'enfermer.

D'autres fois, elle se montrait agitée, poussait des cris dans sa chambre. Alors son fils se levait et allait la rejoindre, pour la soigner comme son père lui avait appris à le faire. Dès qu'elle était apaisée, il revenait vers ses amis, qui reprenaient la conversation là où ils l'avaient interrompue.

En dépit de cette infortune, notre maison avait connu alors quelques années heureuses. C'est certainement l'impression que laissent les photos de l'époque. Mon père en avait conservé plusieurs centaines. Toute une malle. Sur laquelle il avait fièrement tracé, à l'encre sépia : « Le Cercle Photographique. Adana. »

Il les montrait parfois aux gens qu'il estimait. En expliquant dans le détail les circonstances de chaque prise, les techniques utilisées, les astuces du cadrage et de l'éclairage. Sur ces questions, il pouvait se montrer intarissable, comme un camelot de foire... Au point qu'un visiteur étranger s'était mépris un jour sur ses intentions ; il avait cru que son hôte voulait lui vendre ces clichés, et lui avait proposé un prix. Mon père avait failli le mettre à la porte, le malheureux pleurait de confusion.

Toutes les photos sont finalement restées dans cette malle, jusqu'à sa mort. Sauf deux ou trois, qu'il avait encadrées. Dont un remarquable portrait de sa mère. Assise, un peu trop raide, sur un fauteuil, avec des yeux qui louchaient vers la fenêtre, à gauche, comme une élève dissipée.

C'est lui qui l'avait prise, bien sûr. Vu l'état où elle se trouvait, aucun des amis de son fils ne se serait permis de la photographier. Un acte trop hasardeux, et trop intime.

Cela dit, la plupart des clichés que contenait la malle n'étaient pas de lui. Il y avait ceux de Noubar, et de cinq ou six autres membres du Cercle.

Les plus anciennes remontaient à 1901. La plus récente, à 1909. Avril 1909. C'est précis, n'est-ce pas ? Je pourrais être plus précis encore : le 6 avril. Mon père en a suffisamment parlé devant moi pour que je ne l'oublie pas. Après cette date, il n'a plus jamais voulu tenir un appareil photographique dans les mains.

Ce qui s'était passé, ce jour-là ? Un cataclysme, en quelque sorte. Le cataclysme d'où je suis né.

Il y avait eu des émeutes à Adana. La foule avait saccagé le quartier arménien. Un avant-goût de ce qui allait se produire, six ans plus tard, à bien plus vaste échelle. Mais c'était déjà l'horreur. Des centaines de morts. Des milliers, peut-être. D'innombrables maisons incendiées, dont celle de Noubar. Mais il avait eu le temps de fuir, avec sa femme, qui portait ce prénom devenu rare d'Arsinoé, ainsi que leur fille de dix ans, et leur fils de quatre ans.

Où trouver refuge, sinon auprès de son ami, son seul ami turc ? Le lendemain, ils étaient restés terrés, tous ensemble, dans la vaste maison Ketabdar. Mais le surlendemain, le 6 avril, donc, comme on disait que le calme était rétabli, Noubar avait voulu s'aventurer du côté de sa propre maison pour voir s'il ne pourrait pas sauver quelques livres, quelques photos. Il s'était muni d'un appareil portatif, et mon père avait décidé de l'accompagner, avec un équipement similaire.

Les rues paraissaient effectivement paisibles. La distance à franchir n'était que de quelques centaines de mètres, et sur le chemin, les deux amis avaient pu prendre quelques clichés.

Ils allaient atteindre la maison de Noubar, du moins ses décombres fumants, quand, soudain, une clameur. À quelques rues de là, sur la droite, une foule s'avance, brandissant des gourdins et, en plein jour, des torches. Nos photographes reviennent sur leurs pas, Noubar courant de toutes ses jambes, mon père conservant, quant à lui, son allure sultanienne. Pourquoi se presser ? La foule est encore loin. Si bien qu'il s'immobilise ; soigneusement il mesure, il cadre ; puis il prend un cliché de l'avant-garde des émeutiers.

Noubar hurle, affolé. Alors mon père se résout à courir, en serrant l'appareil comme un enfant contre son cœur. Et ils passent tous deux sains et saufs la grille du jardin.

Mais la foule est à leurs trousses. Un millier d'énergumènes enragés qui tapent des pieds dans la poussière, qui secouent maintenant la grille. Dans quelques secondes, ils seront à l'intérieur, pour tuer, piller et incendier. Mais peut-être hésitent-ils encore. Derrière la grille, cette demeure imposante n'est pas celle d'un riche négociant arménien, mais celle d'un membre de la famille régnante.

L'hésitation va-t-elle se prolonger ? Les grilles qu'on secoue de plus en plus fort ne vont-elles pas céder, libérant les émeutiers de leurs ultimes scrupules ? La foule, d'ailleurs, s'agglutine davantage, les cris de mort ne cessent de s'amplifier.

Survient alors un détachement de l'armée. Un officier, un seul, et tout jeune, avec une poignée d'hommes, mais leur irruption n'est pas sans effet. Du haut de sa monture, fort de son sabre qu'il agite et de sa toque en laine noire frisée, le commandant échange quelques mots avec les meneurs, puis il fait signe au jardinier pour qu'il le laisse entrer.

Mon père l'accueille en sauveur, mais le militaire n'a pas de temps pour les amabilités. Il exige sèchement qu'on lui livre le matériel photographique, cause de ce désordre. Comme mon père s'y refuse, l'autre se fait menaçant : si l'on n'obéit pas, il s'éloignera avec ses hommes et ne répondra plus de rien.

« Savez-vous qui je suis, dit mon père, savez-vous seulement de qui je suis le petit-fils ? »

« Oui, je sais, répond l'officier. Votre grand-père était un noble souverain qui a connu une mort atroce. Dieu ait son âme ! »

Et dans son regard, pendant qu'il parlait ainsi, il y avait plus de morgue haineuse que de compassion.

Il a fallu céder. Livrer toute la panoplie importée à grands frais pour les activités du Cercle Photographique. Pas moins d'une dizaine d'appareils, parmi les plus perfectionnés... Mon père avait tout juste réussi à dissimuler celui qu'il venait d'utiliser, poussé du pied sous un meuble ; avec, à l'intérieur, l'image qui avait failli lui coûter la vie.

Les militaires ont emporté le reste. De la fenêtre du premier étage, Noubar et mon père les ont vus jeter ces joyaux au sol, devant les émeutiers, les piétiner ostensiblement, les achever à coups de crosse, puis lancer les débris à pleines mains par-delà la grille...

Alors seulement la foule assouvie avait consenti à se disperser.

Les deux amis se regardaient, incrédules. À peine soulagés d'avoir échappé à la mort tant ils étaient tristes.

Les années belles étaient finies. Finies les années du Cercle. La photographie, leur amante commune, leur chaste maîtresse européenne, pour laquelle ils venaient ensemble de risquer leur vie, ils ne l'embrasseront plus de la même manière. Mon père se fera collectionneur, exclusivement, il ne prendra plus la moindre photo, celle des émeutiers aura été la dernière ; à l'inverse, Noubar deviendra photographe professionnel. Mais pas à Adana. Il n'était pas question pour lui de restaurer sa maison. L'idée même de sortir à nouveau dans les rues peureuses du quartier arménien lui était devenue insupportable. Il était né dans cette ville, mais l'avenir n'habite pas dans les murs du passé.

Restait à choisir le lieu de l'exil.

Beaucoup d'Arméniens fuyaient alors Adana, et d'autres localités de province, pour se regrouper dans la capitale, Istanbul. « Échapper aux griffes du tigre, pour aller se blottir dans sa gueule ? Pas moi », dit Noubar.

Ce qu'il avait en tête, c'était l'Amérique. Seulement, pour une telle entreprise, il lui fallait beaucoup d'argent, et aussi divers préalables, des contacts à prendre, des papiers à obtenir. Du temps, en somme. Or Noubar était pressé. Il ne voulait pas rester plus de quelques jours chez son ami ; et il était bien décidé à ne sortir de la maison Ketabdar que pour quitter le pays.

C'est sa femme – oui, Arsinoé – qui allait lui souffler la solution. Souffler est bien le mot, s'agissant d'elle. C'était la personne la plus timide et la plus effacée qui soit, constamment les pieds joints, les mains jointes, les yeux à terre, j'imagine qu'elle avait dû s'excuser et faire cent mimiques avant d'oser s'immiscer dans ce qui ne la regardait pas, sa vie. Elle avait un cousin installé depuis quelques années dans le Mont-Liban. Il envoyait de temps à autre des lettres encourageantes. Peut-être faudrait-il partir là-bas, pour quelque temps, en attendant l'Amérique ?

Il est vrai qu'on était, là-bas aussi, en territoire ottoman. Mais il y avait pour la Montagne, depuis un demi-siècle, un statut d'autonomie, garanti et surveillé de près par les Puissances. Si ce n'était pas, pour des Arméniens, le refuge idéal, c'était encore la destination la moins hasardeuse. Et en tout cas la moins inaccessible.

Noubar avait retourné l'idée dans sa tête, deux jours durant. Une fois son opinion arrêtée, il en avait informé son ami.

« Ainsi, lui aurait dit mon père, tu es décidé à me quitter. Ma maison n'est donc pas assez spacieuse pour toi... »

« Ta maison est spacieuse, mais le pays est étroit. »

« Si le pays est étroit pour mon meilleur ami, pourquoi ne le serait-il pas pour moi ? »

Noubar n'était pas d'humeur à expliquer en quoi les perspectives pouvaient être différentes pour un instituteur arménien et pour un prince turc... Mon père, d'ailleurs, n'avait pas attendu la réponse. Il était déjà parti déambuler dans le jardin, sous les noyers, en fumant à grosses bouffées. Noubar le surveillait de temps à autre par la fenêtre. Puis il s'était décidé à aller le rejoindre. Il le sentait désemparé.

« Tu es l'ami le plus cher, tu es l'hôte le plus généreux, celui que l'on ne quitte pas sans remords. Dis-toi bien que ce qui nous arrive, ni toi ni moi ne l'avons voulu. Mais ni toi ni moi ne pouvons l'empêcher. Je devais... »

L'ami et l'hôte n'écoutait pas. Depuis une heure, il mûrissait sa propre décision.

« Et si je partais avec toi ? »

« Vers le Liban ? »

« Peut-être… »

« Si tu viens… si tu viens avec moi… je te donnerai… »

« Que me donneras-tu ? »

Les deux amis avaient soudain retrouvé leur
jovialité, leur jeunesse. Et leur goût commun pour
les jeux de l'esprit. Mais ce jeu-là allait les entraîner loin…

« Que pourrais-je te donner ? s'était interrogé
Noubar à voix haute. Tu possèdes des terrains,
des villages entiers, et une résidence de prince,
alors que moi, de ma pauvre maison, si modeste,
il ne reste plus pierre sur pierre !

« J'aurais pu te donner le plus précieux de mes
livres ; même à celui qui possède tout, on peut
toujours offrir un vieux livre.

« J'aurais pu te donner mes plus belles photographies, les plus réussies, celles dont j'étais le
plus fier.

« Mais je n'ai plus rien, tout a brûlé, les livres,
les clichés, les meubles, les vêtements, j'ai tout
perdu.

« Je n'ai plus rien d'autre à donner que la main
de ma fille ! »

« C'est entendu, dit mon père. Je viens avec toi ! »

Étaient-ils sérieux, les deux amis, à propos de
cette promesse ? J'ai plutôt l'impression que la
chose avait commencé pour l'un et l'autre comme
une boutade. Mais qu'ensuite, aucun d'eux n'avait
plus voulu se dédire, de peur que l'autre n'en soit
froissé.

La fille de Noubar avait dix ans. Grande pour
son âge, paraît-il, mais maigrichonne et noiraude,
avec des habits tristes ; une enfant étirée en lon-

42

gueur plutôt qu'une ébauche d[...] [...]torc. Elle s[...] pelait Cécile. Elle épousera l'an[...] le[...]on père ci[...] ans plus tard. En 1914. Un p[...] [...]ant l'été. U[...] peu avant la guerre. Il y aura [...]ne somptueuse réception, peut-être la dernière [...]te dans l'histoire où Turcs et Arméniens chanteront et danseront ensemble. Y assistera, entre mille autres, le gouverneur de la Montagne, en ce temps-là un Arménien, justement, Ohannès Pacha. Vieux fonctionnaire ottoman, il improvisera pour l'occasion un discours sur la fraternité retrouvée entre les communautés de l'Empire – «Turcs, Arméniens, Arabes, Grecs et Juifs, les cinq doigts de l'auguste main sultanienne» – qui sera copieusement applaudi.

Noubar, même en pleine fête, ne parvenait pas à se défaire de ses inquiétudes; mais le marié était joyeux comme un gamin des rues: «Allons, beau-père, sors un peu de ta tête, joins-toi à nous! Regarde tous ces gens qui rient et tapent des mains autour de toi, n'avons-nous pas trouvé ici ce qui manquait à Adana? Qu'avons-nous besoin d'émigrer jusqu'à ton Amérique?»

Tout semblait effectivement aller pour le mieux. En prévision de son mariage, mon père venait de faire construire, dans les environs de Beyrouth, au lieu dit la Colline des Pins, une somptueuse demeure en pierre de sable, à l'imitation de celle qu'il avait quittée. D'Adana il avait rapporté les meubles de famille, les bijoux de sa mère, les vieux instruments de son père, les tapis, des titres de propriété et des firmans par caisses entières, et bien entendu toutes ses photographies.

Sur le grand mur du salon de la nouvelle maison Ketabdar trônait déjà l'image la plus inattendue: celle des émeutiers, leurs têtes ceintes, leurs faces en sueur sous la flamme haineuse des

hes ; sa vie durant mon père allait garder sous
yeux ce singulier tableau de chasse. Pendant
es années, des visiteurs viendraient, vague après
vague, scruter de près ces personnages, cherchant
en vain quelque visage familier. Et mon père les
laisserait patauger, un long moment, avant de
dire : «Ne cherchez pas, il n'y a aucun visage à
reconnaître, c'est la foule, c'est le destin.»

Il s'asseyait toujours face à ces hommes ; à l'inverse de Noubar, qui toujours leur tournait le
dos ; et qui même, chaque fois qu'il entrait dans la
pièce, baissait invariablement les yeux pour éviter
de les revoir.

Mon père aurait voulu que son ami habite désormais avec lui. Mais Noubar avait préféré louer,
dans le voisinage, une maison bien plus modeste
qui lui servait également d'atelier. Le gouverneur
l'avait choisi comme photographe attitré et, en
quelques mois, son commerce était devenu florissant. Tel ce blé de haute montagne qui se dépêche
de pousser parce qu'il sait que le printemps sera
court.

Cet été-là a commencé la guerre de Quatorze. Pour ceux qui l'ont connue elle sera toujours la Grande Guerre. Chez nous, pas de tranchées, pourtant, ni de saignées, ni de gaz ypérite. On allait moins souffrir des combats que de la famine et des épidémies. Puis de l'émigration, qui dépeuplera les villages. Désormais, il y aura, partout dans la Montagne, et pour longtemps, d'innombrables maisons sans fumée.

Pendant ce temps, à Adana, comme dans toute l'Anatolie, débutaient les massacres. La terre du Levant vivait ses moments les plus vils. Notre Empire agonisait dans la honte ; au milieu de ses ruines poussait une foule de pays avortons ; chacun priait son dieu de faire taire les prières des autres. Et sur les routes s'étiraient les premiers cortèges de rescapés.

L'heure était à la mort. Cependant, ma mère était enceinte. Pas de moi, non, pas encore. Enceinte de ma sœur aînée. Moi je suis né après la guerre, en dix-neuf.

Je ne parle pas souvent de ma mère. C'est que je l'ai très peu connue. Elle est morte en mettant au monde mon frère cadet. Je n'avais pas encore quatre ans.

Je n'ai gardé qu'un souvenir d'elle. J'étais venu

dans sa chambre, pieds nus. Elle était en robe de nuit devant sa glace. Elle avait pris ma main, et l'avait posée sur son ventre arrondi. Peut-être voulait-elle me faire sentir que l'enfant bougeait. Je l'avais regardée sans comprendre, elle avait des larmes sur les joues. Je lui avais demandé si elle avait mal. Elle s'était essuyé les yeux avec un mouchoir qu'elle tenait froissé, puis elle m'avait arraché au sol, pris dans ses bras, serré un long moment contre sa poitrine. Je respirais son odeur chaude les yeux fermés. J'aurais voulu qu'elle ne me dépose plus jamais à terre…

Pourquoi pleurait-elle ? Une douleur ? un chagrin de femme ? une mélancolie passagère ? Encore aujourd'hui, je voudrais tant savoir !

J'ai aussi d'elle une autre image, mais de laquelle je suis moins sûr. Je vois ma mère près de la porte dans une robe blanche moulante, évasée autour des chevilles, avec sur la tête un chapeau à voilette. Comme pour aller à une fête de charité. Mais là, je vous dis, je suis moins sûr. J'ai dû voir la photo, plus tard, et m'imaginer que j'avais vu la scène. Elle avait ici quelque chose d'inerte. La posture figée, le sourire fade, et pas la moindre parole. Ce n'est pas moi qu'elle regardait.

C'est tout. Pas d'autre souvenir. Aucune image de ses souffrances ou de sa mort. On m'avait épargné tout cela.

Je me suis quelquefois demandé, bien plus tard, si elle avait accepté sans états d'âme qu'on promette ainsi sa main, qu'on engage son avenir sur une boutade… Peut-être bien, après tout. À l'époque, cela se faisait. Les pères promettaient, les filles tenaient. Dans certaines circonstances, elles pouvaient résister, si l'époux qu'on leur avait choisi leur paraissait odieux, ou lorsqu'elles en aimaient un autre... Elles y laissaient parfois leur vie. S'agissant de ma mère, je ne pense pas qu'elle ait souffert du choix qu'on avait fait pour elle. Son mari était un homme généreux. Pas tout à fait facile à vivre, parce qu'il avait des caprices d'enfant unique et princier. Mais nullement grognon, ni colérique, ni sournois. Quand il lui fallait détester quelqu'un, il en souffrait... Un bel homme, de plus ; toujours bien mis, un peu dandy, et même plus qu'un peu, presque maniaque quand il s'agissait de ses chapeaux, de ses cols raides, de la taille de sa moustache blonde, des replis de sa veste, ou des nuances de son vétiver.

Pour deviner ce qu'ont pu être les sentiments de ma mère auprès de lui, j'ai un indice qui ne trompe pas : ses propres parents. Noubar et ma grand-mère maternelle ont eu, tout au long de leur vie, une constante affection pour mon père ; il suffisait d'observer de quels regards ils le couvaient, joyeux de toutes ses joies, inquiets de toutes ses inquiétudes, attendris par ses pires travers, pour savoir qu'il n'avait pas été un mauvais mari pour leur fille.

Cela dit, ma mère n'a pas connu beaucoup de joies dans sa courte existence. Elle a eu trois grossesses, toutes trois pénibles ; la première datait donc de 1915. Je ne sais si l'on peut se rendre compte aujourd'hui de ce que cela signifiait, en cette année de malheur, pour une Arménienne, de porter l'enfant d'un Turc Ottoman.

Bien sûr, son mari n'était pas n'importe quel Turc Ottoman, son attitude était exemplaire. Comme l'était son amitié indéfectible envers Noubar. Mais qui, à l'époque, prenait le temps d'observer les attitudes de chacun ? Qui cherchait à connaître les véritables convictions ? À des moments pareils, on vous attribue d'emblée les opinions de votre sang.

Ainsi, le vieux gouverneur arménien, pourtant si dévoué à notre Dynastie, fut limogé du jour au lendemain. Et l'on abolit d'un trait de plume le statut spécial de la Montagne. Tous ces gens, tous ces Arméniens, qui s'étaient réfugiés là dans le seul but d'échapper aux autorités ottomanes se sentaient soudain pris au piège !

Noubar s'est remis à rêver d'émigrer en Amérique. Mais à présent sa fille était épouse et mère, il n'était plus question de partir sans elle et sa petite famille. Or mon père ne voulait pas en entendre parler.

Au début, pour gagner du temps, il disait qu'il fallait attendre que sa femme ait accouché, et qu'elle se soit rétablie. Ensuite, il a prétexté que sa propre mère, vu son état, ne serait jamais autorisée à entrer aux États-Unis, et qu'il n'était pas question pour lui de l'abandonner…

Ce n'était pas la vraie raison. Pas la seule, en tout cas. Ma grand-mère n'aurait pas été la première démente à traverser l'Atlantique. Je crois plutôt que mon père, en dépit des rapports distants qu'il entretenait avec son illustre famille, en dépit du dédain qu'il affichait quelquefois, n'était pas indifférent à sa généalogie. Tant qu'il était sur la terre d'Orient, il restait prince, petit-fils de souverain, descendant des grands conquérants. Sans même avoir besoin d'en faire étalage. En Amérique, il serait devenu un piéton anonyme. Cela, il n'aurait jamais pu le supporter.

En parlant de lui, hier, j'ai sans doute laissé entendre qu'il était révolté aussi contre les titres de noblesse et les honneurs rendus à la lignée ou au rang. Dans un sens, il l'était... sans l'être tout à fait. Je ne veux pas dire qu'il était incohérent. Seulement, il avait sa propre cohérence. S'il pestait souvent contre sa famille ottomane, il lui reprochait surtout d'avoir périclité.

Est-ce donc vers le passé qu'il regardait, plutôt que vers l'avenir ? Il n'est pas facile de trancher. Après tout, l'avenir est fait de nos nostalgies, de quoi d'autre ?

Cet âge où les hommes de toutes origines vivaient côte à côte dans les Échelles du Levant et mélangeaient leurs langues, est-ce une réminiscence d'autrefois ? est-ce une préfiguration de l'avenir ? Ceux qui demeurent attachés à ce rêve sont-ils des passéistes ou bien des visionnaires ? Je serais incapable de répondre. Mais c'est en cela que mon père croyait. En un monde couleur sépia où un Turc et un Arménien pouvaient encore être frères.

On lui aurait rendu son monde tel qu'il était, il se serait mis à prier le Ciel pour que plus rien ne bouge ; comme il savait la chose impossible, il s'était installé, toute sa vie, dans une interminable fronde princière. S'il n'avait été prince, il ne serait pas devenu révolutionnaire. Il ne voulait plus d'un monde avançant immuablement sur ses rails, tout ce qui déraillait, si je puis dire, l'enchantait, – l'art subversif, les révoltes corrosives, les inventions outrancières, les lubies, les excentricités ; et jusqu'à la folie.

Seulement, quelquefois, les idées les plus révolutionnaires venaient justement conforter chez lui de tenaces instincts aristocratiques.

Ainsi – et ce n'est qu'un exemple – il n'a jamais voulu que ses enfants fréquentent l'école. Il tenait à nous faire suivre le même chemin que lui : un précepteur, des maîtres à domicile. Si quelqu'un lui faisait observer parfois que cela cadrait mal avec ses opinions d'avant-garde, il s'en défendait avec véhémence. Affirmant que les hommes naissent rebelles, et que l'école s'emploie à en faire des êtres soumis, résignés, plus faciles à domestiquer. Les futurs dirigeants révolutionnaires ne pouvaient suivre une telle voie ! Ils ne pouvaient se laisser noyer dans l'informe troupeau !

Il voulait pour ses enfants des professeurs qu'aucune école n'aurait acceptés. Les vrais maîtres, disait-il, sont ceux qui vous enseignent des vérités différentes.

J'imagine que mon père cherchait à reproduire ainsi ce qu'il avait connu de meilleur dans sa jeunesse. Cette complicité d'intelligence et de cœur avec Noubar et les autres membres du Cercle Photographique. Il aurait voulu la retrouver, et nous la transmettre. Il y est parvenu, en partie ; l'arrivée des maîtres chaque matin n'était pas pour moi un moment redouté, je me rappelle encore certaines de nos discussions, et quelques confidences ; peut-être y a-t-il bien eu, avec l'un ou l'autre, un brin de complicité... Mais là s'arrête la similitude entre les deux maisons Ketabdar, celle d'Adana, et celle des environs de Beyrouth. Si la première avait vécu hors du monde, les grilles cadenassées, tout juste fréquentée par une poignée d'irréductibles, la seconde était, à l'inverse, une ruche au soleil. Salon ouvert, bras ouverts, table ouverte aux invités d'un jour comme aux habitués – peintres incompris et jeunes poétesses, écrivains égyptiens de passage, orientalistes de tous poils ; un bourdonnement ininterrompu...

Pour l'enfant que j'étais, ç'aurait pu être la

fête permanente. Ce fut un supplice, plutôt, je dirais même une permanente calamité! Nous étions constamment envahis, de l'aube jusqu'à la nuit. Par des gens quelquefois étonnants, drôles ou érudits, mais le plus souvent par d'insignifiants pique-assiette, des fâcheux, voire par des escrocs, qu'attiraient la fortune de mon père, sa quête immodérée de toute nouveauté, et sa totale absence de discernement...

Les joies de mon enfance, c'est ailleurs que je les trouvais. Dans mes rares, trop rares escapades loin de la maison familiale.

Les meilleurs souvenirs qui me restent de cette époque-là? Trois années de suite j'étais allé, pour les vacances d'été, avec mes grands-parents maternels, dans un village de haute montagne, non loin de ce lieu enchanteur qu'au pays on appelle Canat-Bakich, et qui est le Canal de Bacchus. Chaque jour, dès le réveil, nous montions à pied, mon grand-père et moi, vers le sommet. Avec seulement des bâtons pour la marche et de quoi apaiser notre faim – des fruits, des tartines roulées.

Après deux heures d'escalade nous atteignions une cabane de chevriers qu'on disait construite du temps des Romains, mais qui n'avait aucune splendeur antique, rien qu'un refuge de pierre grossière, avec une porte si basse que moi-même, à dix ans, je devais me courber pour entrer. À l'intérieur, une chaise aux pieds branlants, au cannage éventré, et une odeur de biques. Mais pour moi, c'était un palais, un royaume. À peine arrivé, je m'y installais, mon grand-père s'asseyait dehors, sur une pierre haute, appuyé des deux mains sur sa canne. Il me laissait à mes rêveries. Dieu que j'étais ivre, je voguais sur les nuages, j'étais le maître du monde, j'avais au ventre les joies chaudes de l'univers.

Et lorsque l'été s'achevait et que je redescendais sur terre, mon bonheur demeurait là-haut, dans cette cabane. Je me couchais chaque nuit dans notre vaste maison, sous les couvertures brodées, entouré de tapisseries, de sabres ciselés, d'aiguières ottomanes, mais je ne rêvais que de cette cabane de bergers. D'ailleurs, aujourd'hui encore, sur l'autre versant de ma vie, quand il m'arrive de revoir en songe le territoire de mon enfance, c'est cette cabane qui m'apparaît.

J'y suis donc allé trois étés de suite. J'avais dix ans, onze ans, douze ans. Puis le charme s'est rompu. Mon grand-père avait eu quelques problèmes de santé, on lui avait déconseillé ces longues escalades. Il me semblait vigoureux, pourtant, avec ses cheveux si noirs et sa moustache hirsute et plus noire encore, pas le moindre fil argenté. Mais c'était un grand-père, nos gamineries ne lui allaient plus. Nous avons dû changer notre lieu d'estivage. Pour de beaux hôtels, avec piscines, casinos et soirées dansantes, mais j'avais perdu mon royaume d'enfant.

Non, mon père n'était jamais avec nous pour les vacances. Les vacances, c'était justement de ne pas être auprès de lui... Nous partions, le cœur de plus en plus léger à mesure que la maison s'éloignait. Lui, restait ; il n'avait que mépris pour cette « transhumance », pour ces cohortes de citadins qui, à date fixe, fuyaient vers la montagne les chaleurs des zones littorales.

Peut-être avait-il raison, après tout. Plus j'avancerai en âge, plus je donnerai en toutes choses raison à mon père, il en est ainsi pour tous les hommes, je suppose. Mes propres lubies vont peu à peu s'aligner sur les siennes. Par atavisme ou par remords. Mais sur un point, je lui en voudrai toujours – et c'est cela qui constamment me poussait à le fuir : ce désir qu'il avait de faire de moi un grand dirigeant révolutionnaire. Ce n'était pas une bête ambition, comme tant d'autres parents peuvent en avoir pour leurs fils. C'était une obsession. Qui fait sourire aujourd'hui ; dans mon enfance, dans mon adolescence, elle m'a rarement fait sourire. Et plus tard, dans l'âge adulte, elle m'a encore poursuivi, comme une malédiction.

Mon père, voyez-vous, était l'exemple même de ce que l'on a coutume d'appeler un despote éclairé. Éclairé, puisqu'il voulait pour nous une éducation d'hommes libres. Éclairé, puisqu'il prodiguait à sa fille le même enseignement qu'à ses fils. Éclairé, aussi, dans sa passion des sciences contemporaines et des arts. Mais despote. Despote déjà dans sa manière d'exprimer ses idées, d'une voix haute, précise, sans appel. Despote surtout dans ses exigences envers nous, envers notre avenir ; persuadé que son ambition était noble, il ne se demandait pas si ses enfants avaient le désir ou la capacité de s'y conformer.

Au début, la pression s'exerçait sur ses trois enfants, à égalité, ou presque. Mais, peu à peu, ma sœur et mon frère ont réussi à s'en dégager, me laissant supporter seul, ma vie entière, le poids épuisant de la grandiose marotte paternelle.

Lorsque ma mère est morte, en septembre vingt-deux, des suites de son troisième accouchement, ma sœur n'avait guère plus de sept ans. Elle était pourtant devenue aussitôt la dame de la maison, c'est elle qui s'était chargée de m'expliquer, les yeux secs, que maman était partie pour un long voyage, et que, pour ne pas lui faire de peine en ce pays lointain où elle se trouvait, je devais dormir tranquille ; après quoi, je suppose, elle était allée pleurer, sur son lit, toutes les larmes de son âme.

De nous trois, elle seule a su, dès l'enfance, conquérir sa place. On aurait dit que, pour elle, notre père était un toit ; pour moi, il était un plafond. Les mêmes paroles, les mêmes intonations de voix paternelle qui, elle, la rassuraient et lui donnaient confiance, m'étouffaient ou me désarçonnaient.

J'ai encore devant les yeux une scène qui a dû se reproduire, à l'identique, des milliers de fois.

Le matin, lorsque mon père se levait, il ne se montrait pas – même à moi – avant d'être rasé, coiffé, habillé, parfumé, fin prêt à sortir. Il commençait par recevoir son barbier ; puis, s'étant préparé, il entrouvrait sa porte et appelait ma sœur, afin qu'elle vienne lui « faire miroir ». C'est-à-dire qu'il se tenait face à elle, silencieux et droit, comme devant sa glace. Et elle l'inspectait. Elle réparait un nœud, chassait un filament de poussière, examinait de près le brun d'une tache. Tout au long de l'opération, elle arborait une moue dubitative, et lorsqu'à la fin elle donnait le quitus d'un hochement de tête, ce n'était jamais avec empressement. Lui-même semblait attendre le verdict sans certitude.

Une fois le rituel accompli, il quittait sa chambre ; ses premiers pas demeuraient hésitants ; puis il reprenait peu à peu sa démarche assurée. Jusqu'au salon. Où l'attendait son café.

Tout à l'heure j'ai dit prêt à « sortir » ; ce n'était qu'une façon de parler. Le mot juste serait « siéger ». Mon père sortait peu. D'habitude, au réveil, il se penchait seulement par une fenêtre ouverte, à l'étage, respirait l'air du matin, promenait son regard sur la mer, la ville, les pins, rien qu'un coup d'œil comme pour vérifier qu'ils étaient encore là. Puis il descendait les marches et rentrait s'asseoir au salon. Les premiers visiteurs ne sauraient tarder. Parfois même ils l'attendaient déjà.

Je suppose que du vivant de ma mère, c'était elle qui « faisait miroir » chaque matin. L'ayant remplacée pour ce rite, ma sœur avait pris sur mon père un ascendant que je n'aurais même pas rêvé d'avoir. Si bien qu'il n'a plus cherché à lui imposer quoi que ce soit.

Et mon frère cadet allait, tout autant qu'elle, se dégager de l'emprise. Mais d'une autre manière, plus sournoise. Il allait tout mettre en œuvre pour décourager notre père, pour le dissuader de le pousser vers le haut. Il était convaincu que son père l'avait pris en horreur dès sa venue au monde, parce qu'il avait causé la mort de notre mère. Père n'aurait jamais pu avoir, sciemment, une attitude aussi mesquine. Mais lorsqu'un enfant se sent dès la naissance mal aimé, il ne se trompe jamais complètement.

Très tôt, une différence est apparue entre mon frère et nous – par nous, je veux dire la famille entière. Tous étaient minces, élancés, avec une tendance innée à la prestance et à l'élégance. Tous ; mon père, qui était fort svelte, à l'exception de l'inévitable bedon des hommes mûrs et prospères ; ma mère, jadis ; Noubar ; mes deux grand-mères ; ma sœur et moi-même ; nous étions tous un peu sur le même modèle. Il y avait tout bête-ment un air de famille. Sauf chez mon frère. Dès son jeune âge, il a été obèse, et il l'est resté. Il s'est toujours goinfré comme un porc.

Il me semble que je n'ai pas encore mentionné son prénom : Salem. C'était d'ailleurs la cause première de sa rancœur ! En soi, un prénom comme un autre. C'est même le seul de nos trois prénoms qui ne soit pas inusité. Le mien, per-sonne d'autre au monde ne le porte. Au bout de cinquante-sept ans, je ne suis toujours pas arrivé à m'y habituer. Quand je me présente, j'ai ten-dance à l'escamoter.

Hier, quand nous nous sommes rencontrés, j'ai seulement dit «Ketabdar», n'est-ce pas ? Vous ne devinerez jamais le prénom dont mon père m'a… chargé : Ossyane ! Oui, Ossyane ! «Insoumission», «Rébellion», «Désobéissance». A-t-on jamais vu un père appeler son fils «Désobéissance» ? Quand j'étais en France, je le prononçais très vite, et les gens me parlaient quelquefois d'un certain barde écossais. Lâchement, je hochais la tête, plutôt que d'avoir à leur expliquer les caprices de mon père.

Mais passons. Je voulais seulement dire que mon prénom était des plus lourds à porter ; et que celui de ma sœur – Iffett, comme ma grand-mère – était tout aussi rare à Beyrouth ; la plupart des gens entendaient « Yvette ».

Il est vrai que, dans l'entre-deux-guerres, le pays était déjà sous mandat français… En fait, il venait tout juste d'être placé sous mandat français, après quatre siècles de domination ottomane. Mais soudain plus personne ne voulait entendre le turc !

Finalement, pour nous, qui appartenions malgré tout à la famille ottomane, ce n'était peut-être pas le meilleur moment pour nous installer au Liban. Que voulez-vous, nous n'avons rien choisi, c'est l'Histoire qui a choisi pour nous. Cela dit, je ne veux pas paraître injuste, ni ingrat. S'il est vrai que les gens de Beyrouth préféraient parler le français et oublier le turc, pas une seule fois ils ne nous ont laissés sentir que nous pourrions être indésirables. Tout au contraire, ils semblaient à la fois amusés et fiers que « l'occupant » d'hier soit revenu en quelque sorte habiter parmi eux en qualité d'invité. J'ai toujours été traité, par tout le monde, les proches et les étrangers, comme une sorte de petit prince. Jamais je n'ai senti que je devais cacher mes origines, sinon par pudeur, par souci de ne pas en imposer…

Mais je parlais d'autre chose… Ah oui, du prénom de mon frère, Salem. Je disais qu'il était bien moins inusité que le mien. C'était même un prénom répandu, et qui sonnait beau. Seulement, comme vous le savez, il signifie « indemne », ou quelque chose de semblable, ce qui, pour un garçon dont la mère est morte en lui donnant naissance, évoquait une circonstance douloureuse.

Dans l'esprit de mon frère, on l'avait appelé ainsi pour lui rappeler sa vie entière qu'il avait survécu à sa mère, et peut-être même pour le punir de l'avoir «tuée»...

Ce n'était pas l'intention de mon père. Pas le moins du monde ! Dans son esprit, il s'agissait seulement de célébrer, à travers ce prénom, le seul événement heureux d'un accouchement tragique, à savoir que l'enfant au moins s'en était sorti indemne. Cela dit, c'est une fort détestable habitude que d'affubler les enfants de prénoms qui expriment les opinions des parents, leurs engouements ou leurs préoccupations du moment ; un prénom doit être – vous en conviendrez – la page la plus blanche, pour que la personne y écrive, durant sa vie, ce qu'elle saura y écrire. Appeler mon frère ainsi était, à mon sens, une idée fort malencontreuse. Mais il n'y avait certainement pas là une intention de punir, ou de dénigrer. Mon père avait d'ailleurs, à l'origine, les mêmes ambitions outrancières pour Salem que pour moi...

Mon frère allait tout faire pour s'y dérober. Il négligeait ses études, se comportait en voyou avec nos maîtres, des hommes pourtant merveilleux ; pas tous mais la plupart. Il se vengeait aussi en se goinfrant, je l'ai dit. Et il a fait bien pire.

À douze ans, par exemple, il avait volé deux superbes manuscrits du XVIIe siècle, ornés de miniatures, qu'il était allé vendre à des brocanteurs, en s'arrangeant pour faire accuser le fils du jardinier... Mon père s'était senti humilié quand il avait découvert la vérité ; et, pour la première fois de sa vie, il avait battu l'un de ses enfants, sauvagement, le blessant jusqu'au sang avec la boucle de sa ceinture.

Il avait même juré qu'il le bannirait de chez lui, et donnerait sa chambre au fils du jardinier, en guise de réparation ; mais le garçon et ses parents avaient prudemment refusé. Plutôt que de le chasser de sa maison, mon père avait finalement chassé son fils cadet de ses rêves d'avenir. Peut-être croyait-il ainsi le punir ; il l'avait tout au contraire délivré.

Mais pas moi, hélas. Sur mes seules épaules reposaient désormais tous les rêves de mon père.

Et quels rêves ! Si je voulais en faire la carica-ture la plus ressemblante, je dirais qu'il rêvait d'un monde où il n'y aurait que des hommes courtois et généreux, impeccablement habillés, qui salueraient bien bas les dames, mépriseraient d'un revers de main toutes les différences de race, de langue et de croyance, et se passionneraient comme des enfants pour la photographie, l'avia-tion, la TSF et le cinématographe.

Prenez mes propos comme une sorte de rire nerveux. Ou de ricanement honteux. Car ce monde dont il a rêvé, ce XXe siècle qui aurait pro-longé le XIXe dans ce qu'il avait de plus noble, j'en ai rêvé moi aussi. Et si j'avais gardé aujourd'hui le courage de rêver, j'en rêverais encore. En cela, nous nous ressemblons... comme père et fils, si vous me pardonnez cette banalité. Là où je ne le suivais plus, c'est lorsqu'il commençait à dire que le monde a besoin, pour le réveiller et lui tracer la voie, de quelques hommes d'exception, de révolu-tionnaires qui auraient les pieds en Orient et le regard vers l'Occident.

Lui, son regard, c'est vers moi qu'il le dirigeait. J'étais censé comprendre que l'homme providen-tiel, celui dont on attendait des miracles, c'était moi.

Parfois ils s'y mettaient à deux, Noubar et lui. Deux vieux naïfs, deux incurables naïfs. Tu seras un grand révolutionnaire, mon fils ! Tu changeras la face du monde, mon fils! Sous leur regard, je n'avais plus qu'une seule envie: m'enfuir. Changer de nom, changer de ciel. Comment leur expliquer que cette affection pour moi, cette confiance excessive, cette vénération prématurée m'effrayaient et me paralysaient? Comment leur expliquer que je pouvais avoir d'autres projets d'avenir? Et qui n'étaient pas moins généreux, je peux vous l'assurer. Moi aussi je voulais changer le monde, à ma manière. Alors que mon père s'obstinait à me faire lire la vie des conquérants et des grands révolutionnaires, d'Alexandre et de César à Napoléon, Sun Yat-sen et Lénine, sans oublier notre ancêtre, le Magnifique, mes propres héros s'appelaient Pasteur, Freud, Pavlov, et surtout Charcot...

Ce en quoi je renouais, d'ailleurs, avec les préoccupations de mon grand-père paternel, qui était médecin, n'est-ce pas, et même neurologue, comme Charcot, qu'il avait rencontré un jour, m'a-t-on dit, lors d'un séjour en Suisse. La présence à la maison, tout au long de mon enfance, d'une grand-mère démente avait certainement aiguisé ma curiosité pour la psychiatrie et la neurologie.

Ma décision avait été prise dès l'âge de douze ans, je dirais. C'était une sorte de pacte avec moi-même, que je scellais à nouveau chaque nuit dans l'obscurité de ma chambre: je serai médecin! Et chaque fois que mon père me parlait de ses ambitions pour moi, je demeurais muet, sans rien laisser paraître de mes vrais sentiments, tandis qu'en moi-même je répétais avec rage: je serai médecin! je ne serai ni un conquérant ni un dirigeant révolutionnaire, je serai médecin! La seule hésitation dans mon esprit concernait la finalité dernière de la science que j'entendais acquérir. Parfois, je me voyais en praticien, et même en dévoué philanthrope dans la brousse, comme le docteur Schweitzer; parfois, au contraire, en chercheur, en expérimentateur, dans un laboratoire, penché au-dessus d'un microscope.

Au début, je n'en ai parlé à personne. Je ne saurais pas dire pendant combien de temps ce secret est resté en moi. Il me semble que c'est seulement au bout de deux ou trois ans que j'ai fini par en toucher un mot à ma sœur. En elle, je pouvais avoir confiance. Pour ne pas me trahir, et aussi pour m'aider. « Sois sûr d'une chose, m'avait-elle dit : le moment venu, tu ne feras rien d'autre que ce que tu auras décidé de faire. Ne te demande pas comment tu vas convaincre ton père, demande-toi seulement ce que tu veux, assure-toi que c'est bien ce que tu veux. Notre père, quand il le faudra, c'est moi qui m'en chargerai. »

Elle allait effectivement s'en charger. Le convaincre d'abord qu'il fallait m'inscrire, pour les deux dernières années de scolarité, dans une vraie école qui puisse me délivrer des diplômes reconnus. Elle n'y était pas parvenue tout de suite, mais Noubar avait appuyé sa démarche, et mon père avait fini par céder. Il allait d'ailleurs en tirer un immense réconfort : grâce à l'enseignement que j'avais reçu de mes maîtres, dès mon entrée à l'école je planais si haut au-dessus des élèves de ma classe que c'en était un jeu; les langues, les lettres, la rhétorique, les sciences, l'histoire... je maîtrisais toutes les matières avec une aisance qui semblait confirmer la justesse des vues excentriques de mon père. Grâce à lui, j'avais reçu un enseignement de qualité exceptionnelle; il est malheureux que j'en aie fait si piètre usage!

Pour la première et la deuxième partie du bac-
calauréat, j'allais obtenir, sans avoir eu besoin de
travailler plus qu'un autre, la meilleure moyenne
du pays. C'était en trente-six et en trente-sept.
Mon nom s'étalait en première page des journaux.
Mon père triomphait. Son fils caracolait «déjà»
devant les autres! Quant à moi, si ces résultats
m'incitaient à pousser mes études jusqu'au bout,
j'étais plus que jamais déterminé à les poursuivre
loin de la maison, loin des pesantes exigences
paternelles. Je songeais de plus en plus à Montpellier, dont la faculté de médecine était des plus
renommées.

Cette fois encore, ma sœur «se chargera» de
mon père. Elle le fera avec doigté. Son argument :
la médecine est la voie idéale pour qui veut changer les hommes ; il acquiert très vite une image de
savant, de sage, de bienfaiteur, et même de sauveur, les gens sont prêts à lui faire confiance en
toute chose ; le moment venu, il peut se transformer tout naturellement en meneur d'hommes.

Étudier la médecine serait donc la voie la plus
astucieuse pour atteindre l'avenir dont il rêvait
pour moi ? Mon père n'avait pas détesté cette idée.
Et c'est muni de sa bénédiction que je m'étais
embarqué fin juillet sur le paquebot *Champollion*.
Destination, Marseille.

À peine les bâtiments du port de Beyrouth
avaient-ils disparu à l'horizon, j'étais descendu
m'affaler dans une chaise longue, épuisé, soulagé,
libre. Mon père pouvait croire que je m'en allais
sournoisement préparer mon destin de dirigeant
révolutionnaire. Moi je n'avais qu'une seule envie :

étudier, étudier. Me détendre un peu aussi, bien sûr, de temps à autre. Mais que plus personne ne me parle de révolution, de lutte, de renaissance de l'Orient, ni de lendemains radieux !

Je m'étais même promis de ne pas lire les journaux.

Jeudi soir

Je n'avais pas voulu interrompre le récit d'Ossyane pour évoquer mes propres réminiscences. Pourtant, à mesure qu'il parlait, des images me revenaient.

Sa maison, bâtie en pierre ocre sur la Colline des Pins, je l'ai connue. Sans y être jamais entré ; mais je passais chaque jour devant sa grille, en car, sur le chemin de l'école. Je la revois bien, elle ne ressemblait à aucune autre ; ni vraiment moderne, ni montagnarde, ni ottomane – un pot-pourri de styles. L'ensemble, néanmoins, plutôt harmonieux, autant que je puisse en juger encore... Je revois également une grille, d'ordinaire fermée mais qui s'ouvrait parfois pour laisser passer une DeSoto noire et blanche. Et aussi un jardin à l'herbe rase où aucun enfant ne jouait.

Mes souvenirs remontent jusqu'au milieu des années cinquante ; l'époque dont Ossyane venait de me parler était déjà lointaine. Mais il m'est arrivé de lire dans de vieilles revues, dans de vieux catalogues d'art, et d'entendre mentionner dans des conversations autour de moi, le nom de la maison Ketabdar. Elle est restée dans les mémoires comme un haut lieu de la vie artistique au Levant dans l'entre-deux-guerres. Des vernissages s'y tenaient, des concerts, des soirées poétiques ; sans doute aussi des expositions de photos, j'imagine...

Mon interlocuteur n'en a pas beaucoup parlé.

Dans son souvenir, tout ce foisonnement n'occu-
pait à l'évidence qu'une place réduite. Ces bruits
l'assourdissaient, ces lumières l'aveuglaient. Il s'en-
fermait en lui-même et rêvait de voyage.

Notre première séance avait duré cinq bonnes
heures. Parfois sur le mode de la conversation, un
véritable échange même si j'ai rarement consigné
mes questions ; mais le plus souvent il dictait, je ne
faisais que transcrire un texte déjà rédigé dans sa
tête. Ensuite nous avions pris, au bar de son hôtel,
un repas léger, après lequel il était remonté faire sa
sieste. Je croyais qu'il serait épuisé et qu'il me don-
nerait rendez-vous pour le lendemain. Il me pro-
posa au contraire que nous nous retrouvions le soir
même, à partir de six heures.
Ayant perdu moi-même en Occident l'habitude
de la sieste, je partis m'asseoir dans un café pour
remettre un peu d'ordre dans mes notes. Puis je
revins frapper à sa porte à l'heure dite.
Il était habillé, et sillonnait déjà la pièce en
m'attendant. Ses premières phrases étaient prêtes.

En France je pouvais enfin suivre mes propres
rêves. Manger à ma propre table. Ce n'est pas
qu'une image. Je me souviens de la première fois
où je m'étais attablé à la terrasse d'un bistrot, sous
un auvent. À Marseille, peu après l'arrivée du
bateau, avant de prendre le train pour Montpellier. La table était petite, en bois épais, et gardait
des traces de canif. Je m'étais dit : le bonheur ! le
bonheur d'être ailleurs ! le bonheur de n'être plus
assis à la table familiale ! Pas d'invités qui cherchent à briller par leur bagou ou leurs connais-

sances. Pas de silhouette paternelle, pas de regard qui plonge dans mon regard, dans mon assiette, dans mes pensées. Je n'ai pas eu une enfance malheureuse, oh non. Choyé, à l'abri du besoin. Mais constamment sous le poids d'un regard. Regard d'affection immense, regard d'espoir. Mais regard d'exigence. Pesant. Épuisant.

J'avais ce jour-là à Marseille, ce premier jour sur le sol de France, une impression de légèreté. Trois jeunes filles sont passées tout près de moi, devant la terrasse. Elles portaient des robes flottantes et d'étranges chapeaux de canotier. Comme si elles s'étaient échappées d'une fête, ou d'une toile. Elles riaient. Aucune ne m'avait regardé, mais j'avais l'impression que c'était pour moi qu'elles s'étaient déguisées et qu'elles paradaient.

Je m'étais dit avec confiance que j'allais bientôt connaître une femme. Plus belle encore que ces trois-là, la plus belle de toutes. Nous nous aimerions, nous resterions des heures serrés l'un contre l'autre. Et nous irions nous promener ensemble sur la plage, la main dans la main. Puis, lorsque je reprendrais le bateau, tout à la fin de mes études, elle serait agrippée à mon bras, et j'aurais la tête penchée vers elle pour respirer doucement son corsage.

On m'aurait dit que je repartirais de France huit ans plus tard, sur le même bateau, sans diplôme de médecin, mais couronné de l'auréole du saint rebelle… C'était le rêve de mon père, pas le mien !

À Montpellier, auprès des carabins, j'allais acquérir très vite une réputation de «bûcheur». Je ne travaillais pas beaucoup plus qu'un autre, mais je travaillais mieux. Mes maîtres m'avaient appris la rigueur. Ne jamais se contenter de comprendre à moitié. Y passer le temps qu'il faut, mais comprendre, assimiler. J'avais, par ailleurs, une mémoire sans défaut. Cela aussi, je le devais, en partie du moins, à mes maîtres. Ce que j'apprenais, je ne l'oubliais plus.

Je ne raconte pas cela pour me vanter. Après tout, à quoi cela m'aura-t-il servi d'avoir brillé dans mes études, puisque je ne suis jamais devenu médecin ? Si j'en parle, c'est pour expliquer que j'avais gagné, dès mon arrivée, une certaine estime. J'étais un peu le prodige étranger, plus jeune que la plupart de mes condisciples, et toujours les meilleures notes. Par ailleurs affable, souriant, timide sans excès. Bon camarade, en somme. Tout heureux dans ce monde nouveau, où, à vrai dire, rien ne m'éblouissait, mais où j'avais une foule de petits étonnements.

De quoi parlions-nous ? Souvent de nos cours, des professeurs, des élèves, de nos projets pour les vacances. Nous parlions évidemment des filles, puisque nous étions d'ordinaire entre garçons. Je devenais aussitôt silencieux, et quelque peu ébahi. Qu'est-ce que j'aurais bien pu dire ? Les autres contaient leurs aventures, réelles ou inventées ; je n'avais que mes rêves et les banales envies de mon âge. Je les écoutais, je riais avec eux, je rougissais parfois lorsqu'ils évoquaient avec quelque insistance le corps des femmes.

Je n'intervenais guère plus lorsque mes camarades parlaient de « la situation ». Des noms fusaient, dont la plupart ne m'étaient pas inconnus. Daladier, Chautemps, Blum, Maginot, Siegfried, Franco, Azaña, Staline, Chamberlain, Schuschnigg, Hitler, Horthy, Beneš, Zogu, Mussolini… Je connaissais un peu tout ce monde, mais j'étais persuadé d'en savoir moins que les autres. Ils étaient tous si sûrs de ce qu'ils avançaient. Moi, l'étranger, le nouveau venu, je me contentais d'écouter. Quelquefois attentif, quelquefois dans mes rêveries, selon l'intensité des événements et la texture des propos. La tension montait, retombait encore, au gré des conférences internationales, des déclarations enflammées, des mouvements de troupes, surtout.

Non, bien sûr, je n'étais pas indifférent, comment aurais-je pu l'être ? Je savais d'ailleurs plus de choses que je ne le laissais entendre à mes camarades. Mais ils avaient leur manière de discuter, et ils étaient chez eux... Et puis, j'avais l'habitude d'écouter en silence. À la table familiale, j'ai toujours été entouré d'hommes plus âgés, mieux informés ou plus assurés que moi. Lorsque j'avais une opinion sur ce qu'ils disaient, je la formulais dans ma tête. Je détestais, d'ailleurs, quand mon père me demandait subitement : « Et toi, Ossyane, qu'en penses-tu ? » Parce qu'alors, comme par un sortilège, je ne pensais plus rien, c'était le noir dans mon esprit, les mots ne se tissaient plus les uns aux autres, je bafouillais une platitude. Et les convives se remettaient à discuter entre eux.

Cela dit, à Montpellier, j'avais mon domaine, où mes camarades m'écoutaient, où j'avais acquis une certaine considération. Quand nous parlions de nos études, ce qui était tout de même l'essentiel de nos préoccupations, j'étais celui dont l'opinion avait le plus de poids. Les autres la respectaient, fussent-ils mes aînés. Quand on parle biologie ou chimie, il n'y a plus de différence entre un étranger et un enfant du pays...

Est-ce que j'ai souffert d'avoir été un étranger ? À vrai dire, non. Si je vous ai donné cette impression, c'est que je me suis mal exprimé. Être étranger était une réalité de mon existence, que je devais prendre en compte. Comme être mâle plutôt que femelle, et avoir vingt ans plutôt que dix ou soixante. Ce n'était pas en soi une abomination. Cela impliquait que je fasse et dise certaines choses plutôt que d'autres. J'avais mes origines, mon histoire, mes langues, mes secrets, d'innombrables sujets de fierté, peut-être même mon charme propre... Non, être étranger ne m'incommodait pas, et j'étais plutôt heureux de ne pas être chez moi.

Le pays me manquait parfois, c'est certain. Mais pas la maison familiale. Je n'étais nullement pressé de la retrouver. Ainsi, le premier été, il était convenu que je reviendrais y passer un mois ou deux. Seulement, à l'approche des vacances, j'avais écrit à mon père pour lui dire que j'envisageais plutôt de visiter le Maroc et l'Algérie. J'avais un tel désir de découvrir ces contrées que je sentais si proches de moi, mais que je connaissais seulement par les livres et par l'imagerie... Finalement, je n'y suis pas allé non plus. Des problèmes de santé m'avaient contraint à garder la chambre tout l'été.

D'étranges problèmes, en vérité. J'avais des accès de toux, et parfois, la nuit, du mal à respirer. Les médecins ne comprenaient pas. Ils parlaient tantôt d'asthme, tantôt de tuberculose. Ils n'arrivaient pas à croire que je n'avais rien éprouvé de tout cela avant de venir en France. Ils se sont même demandé à un moment si tout cela n'était pas simulé.

Ce ne l'était pas. Non, pas du tout, vous allez comprendre... Mais laissez-moi suivre d'abord dans ma tête la chronologie de l'époque. Je vais faire vite. Munich, septembre trente-huit, la guerre s'éloigne. Prague, mars trente-neuf, la guerre se rapproche. Plus personne n'en doute, et la plupart des jeunes gens autour de moi rivalisent d'ardeur pour dire la puissance de leur armée et l'impuissance de l'ennemi, baudruche qui se dégonflera. Il était de mauvais ton de dire autre chose.

Si j'aurais voulu dire autre chose moi-même ? Pour être honnête, non. Pas en ce temps-là. J'avoue que je les écoutais avec plaisir, et que j'étais heureux de partager leurs certitudes. Comme eux, je faisais confiance. Comme eux, en juin quarante, lors de l'invasion allemande, j'ai pleuré. J'étais anéanti. Soudain, je n'étais plus un étranger, pas le moins du monde. C'était un enterrement, et je faisais partie de la famille du défunt. Je pleurais, je cherchais à consoler les autres de même que les autres cherchaient à me réconforter.

Lorsque Pétain a parlé, nous l'avons écouté. Il disait en substance : les choses se sont mal passées, nous traversons tous une pénible épreuve, mais je vais m'efforcer de vous éviter le pire. C'est comme cela que nous l'avions compris.

Quant à de Gaulle, je n'avais pas entendu son appel, ce fameux jour de juin, ni aucun de mes amis. Mais nous allions en connaître la teneur assez vite, le lendemain je crois. Nous n'avions pas alors l'impression d'avoir à faire un choix. Il fallait, d'une part, sauver de la débâcle ce qui pouvait l'être encore ; pour cela, il valait mieux temporiser quelque temps avec le vainqueur, – ce que faisait Pétain. D'autre part, il fallait préparer la revanche à venir, avec l'appui des Alliés, sans accommodements ni compromissions, – ce que faisait de Gaulle à Londres. Cette vision rassurait un peu les endeuillés que nous étions. Combien a-t-elle duré? Pour certains, quatre ans; pour d'autres, quelques jours.

Pour moi, une saison, cet été-là, jusqu'en octobre. Je me souviens encore de l'incident qui a fait basculer ma vie. Dans une brasserie de Montpellier, Au ballon d'Alsace. Une discussion arrosée de bière. J'aurais pu y assister une fois de plus en spectateur muet. Mais ce jour-là je n'avais pas su me taire. Un mot de trop, un regard de trop, un verre de trop... Allez savoir les ruses du destin!

Nous étions six ou sept autour de la table. On venait de promulguer à Vichy la loi sur le statut des Juifs, qui fixait, entre autres choses, les domaines – tel l'enseignement – dont ils seraient désormais exclus. Un étudiant s'était mis à expliquer à quel point cette loi était habile. Je me souviens encore de lui, de son visage, il était plus âgé que nous, portait un bouc au menton, et se promenait toujours avec une canne. Il ne faisait pas partie des amis que je fréquentais, mais il se joignait parfois à nous après les cours. D'après lui, les Allemands avaient exigé de Pétain qu'il les laisse entrer en «zone libre» pour «s'occuper» des Juifs qui y vivaient; et le maréchal, flairant la manœuvre, les avait pris de court en édictant lui-même cette loi.

Content de son raisonnement, le jeune homme avait vidé sa chope de bière, commandé une autre d'un geste du doigt, puis il s'était tourné vers moi, et s'était mis à me dévisager. Pourquoi moi? Je n'étais pas assis en face de lui, mais quelque chose dans mes yeux avait dû lui déplaire. «Qu'en penses-tu, Ketabdar? On ne t'entend jamais! Parle, pour une fois, avoue que c'est habile!»

Les autres aussi s'étaient mis à me regarder avec insistance. Même mes camarades les plus proches ; ils avaient envie de savoir ce que mes silences voilaient. Alors, pour ne pas perdre la face, j'avais parlé, « pour une fois ». Empruntant la voix la plus humble, j'avais dit à peu près ceci : « Si je t'ai bien compris, c'est comme si un homme entrait maintenant dans cette brasserie muni d'un gourdin pour t'assommer. Je le vois qui s'approche, alors je saisis cette bouteille, et je te fracasse le crâne. L'homme, voyant qu'il n'a plus rien à faire ici, hausse les épaules et s'en va. Le tour est joué. »

Comme je parlais sans le moindre sourire, du ton soumis et hésitant de l'élève qui répond au maître, mon interlocuteur n'avait pas compris tout de suite que je le moquais. Il commençait même à dire : « Oui, bravo, c'est un peu ça… », quand les autres, autour de nous, s'étaient esclaffés. C'est alors seulement qu'il s'était mis à rougir, ses mains sur la table s'étaient crispées. Il n'y a pas eu de bagarre, non. Il a craché deux grossièretés, puis il a déplacé bruyamment sa chaise de façon à me tourner le dos. Et moi, je me suis retiré juste après.

Rien qu'une querelle de gamins, n'est-ce pas ? Mais j'en étais tout secoué. J'avais l'impression d'avoir parlé dans un porte-voix, et que la ville entière m'avait entendu.

Un autre se serait peut-être senti soulagé d'avoir vidé ainsi « son sac », comme l'on dit… Pas moi ! J'étais furieux, furieux contre moi-même. C'est souvent ainsi, avec moi. Je reste muet pendant des lustres, à en oublier le goût des mots ; et soudain, le barrage s'effondre, je déverse tout, tout ce que j'avais retenu, un irrépressible bavardage que je commence à regretter avant même d'avoir retrouvé le silence.

Ce jour-là, dans les ruelles de Montpellier, je n'arrêtais pas de me sermonner. J'aurais dû me contrôler! Je devrais apprendre à maîtriser mes sentiments! Surtout en temps de guerre, quand les gens sont désemparés. Je marchais dans la ville et je ne voyais rien ni personne autour de moi tant je ressassais mes remords...

J'avais loué une mansarde, dans un grenier spacieux mais sommairement aménagé. Chez une certaine Mme Berroy. En montant les interminables escaliers, en tournant la grosse clé dans la serrure, je me sermonnais encore et encore. Plus jamais je n'irai dans cette brasserie! Plus jamais je ne me laisserai entraîner dans pareilles disputes! Ne m'étais-je pas promis de consacrer tout mon temps aux études, rien qu'aux études? J'ai eu tort d'oublier que j'étais dans un pays étranger. Qui plus est, un pays vaincu, à moitié occupé. Diminué, déboussolé.

Je venais d'ouvrir, rageusement, mon cours de cytologie, décidé à m'y replonger, quand on a frappé à ma porte. C'était quelqu'un que j'avais aperçu ce jour-là au Ballon d'Alsace, assis à une table voisine de la nôtre en compagnie du fils du patron. «Je vous ai suivi, dit-il, depuis la brasserie.» Il avait le mérite de la franchise. «J'ai écouté votre discussion. Pardonnez-moi, j'étais tout près et vous parliez fort. D'un sujet qui m'intéresse… Comme il intéresse chacun de nous, je suppose. »

Je ne disais rien. J'étais encore sur mes gardes. Je l'observais. Il avait le visage émacié, les cheveux très noirs et mal coiffés, avec, au milieu, une mèche qui décollait, comme une crête ; et une cigarette à papier jaune, non allumée, avec laquelle il jouait, tantôt la triturant entre ses doigts, tantôt la mordillant. J'avais alors vingt et un ans ; il était plus près de la trentaine.

« Ce que vous avez dit tout à l'heure, si j'avais voulu intervenir, je l'aurais exprimé de la même manière, mot pour mot. » Son visage s'était éclairé d'un sourire, rayonnant, mais passager. « Seulement, je préfère me taire. Du moins en public. Ceux qui parlent trop haut s'interdisent d'agir. En ces temps difficiles, il faut mesurer ses paroles, savoir à qui on les adresse, savoir à chaque instant ce que l'on veut et où l'on va. Tout est encore possible, rien n'est perdu. À condition de rester solidaires. Et prudents. »

Il m'avait tendu la main et je m'étais présenté :

« Mon nom est Ketabdar. »

« Appelle-moi Bertrand ! »

Il avait gardé ma main longuement dans la sienne, comme pour sceller un accord implicite. Puis il avait ouvert la porte pour sortir.

« Je repasserai te voir. »

Il ne m'avait pas dit grand-chose ; pourtant, de sa brève visite date mon entrée dans la Résistance. Et savez-vous quelle était la parole la plus précieuse, celle qui m'est restée en mémoire jusqu'à ce jour, avec l'intonation exacte ? « Appelle-moi Bertrand ! » Je lui avais donné mon vrai nom, il ne m'avait livré qu'un pseudonyme. En apparence, il se cachait. En vérité, c'était l'inverse. Il se dévoilait. Son «Appelle-moi…» voulait dire : ceci est simplement un nom de guerre ; devant les autres, fais comme si c'était mon vrai nom ; mais à toi, qui es désormais des nôtres, je n'ai pas besoin de présenter le mensonge comme une vérité.

Je n'avais rien fait encore, mais je me sentais transformé. J'avais l'impression de marcher différemment dans les rues, de regarder et d'être regardé différemment, de m'exprimer différemment. Après les cours, je n'avais qu'une hâte, c'était de revenir dans ma mansarde pour attendre Bertrand. À chaque crissement d'une marche dans l'escalier en bois, j'esquissais un mouvement vers la porte.

Je n'avais pas eu à l'attendre longtemps. Il était repassé le surlendemain. S'était assis sur l'unique chaise, et moi sur le lit. «Les nouvelles ne sont pas si mauvaises, m'avait-il annoncé, les aviateurs anglais font des miracles.» Il m'avait cité quelques chiffres d'appareils abattus, qui nous avaient mis l'un et l'autre de bonne humeur. Il m'avait appris également que les Anglais avaient bombardé Cherbourg, ce qui ne lui plaisait qu'à moitié. «Militairement, c'était sans doute nécessaire. Mais il ne faudrait pas que notre peuple se trompe d'ennemi…» Puis il m'avait posé quelques questions sur mes origines, mes idées. Discrètement. Je savais bien que c'était une sorte d'examen de passage, mais il l'avait fait tout au long sur le mode de la conversation entre amis qui cherchent à mieux se connaître.

Une de mes réponses l'avait fait sursauter, peut-être l'avais-je formulée de façon maladroite. Je lui avais dit que l'éternelle querelle entre Allemands et Français me laissait indifférent, ou, en tout cas, n'aurait pas suffi à me retourner le sang. Traditionnellement, dans ma famille, on a toujours étudié simultanément le français et l'allemand, depuis qu'un arrière-arrière-grand-père avait épousé une aventurière bavaroise ; et nous avons la même estime pour les deux cultures. Je crois même avoir dit, me laissant entraîner par mon verbe et dépassant quelque peu ma pensée, que les mots d'occupation et d'occupant ne produisaient pas chez moi l'effet de révolte immédiat qu'ils pouvaient produire sur un Français. Je viens d'une région du monde où il n'y a eu, tout au long de l'histoire, que des occupations successives, et mes propres ancêtres ont occupé pendant des siècles une bonne moitié du bassin méditerranéen. Ce que j'exècre, en revanche, c'est la haine raciale et la discrimination. Mon père est turc, ma mère était arménienne, et s'ils ont pu se tenir la main au milieu des massacres, c'est parce qu'ils étaient unis par leur refus de la haine. De cela, j'ai hérité. C'est cela ma patrie. J'ai détesté le nazisme, non pas le jour où il a envahi la France, mais le jour où il a envahi l'Allemagne. S'il avait éclos en France, ou en Russie, ou dans mon propre pays, je l'aurais détesté tout autant.

Bertrand s'était alors levé, m'avait serré la main pour la deuxième fois. Avec un laconique « Je comprends ! », prononcé à voix basse, sans me regarder, comme s'il faisait un rapport à quelque autorité invisible.

Il ne m'avait toujours rien dit de son activité, de son organisation s'il en avait une, ni de ce qu'il attendait de moi. Il ne m'avait pas dit non plus, cette fois-là, s'il reviendrait me voir.

Vous le constatez, mes débuts dans la Résistance ont été plutôt nonchalants.

Il était repassé un mois plus tard. Quand je lui avais reproché gentiment de m'avoir laissé sans nouvelles, il avait eu un sourire satisfait, puis il avait sorti de sa poche un paquet de petites feuilles bleuâtres. Je ne savais pas encore qu'on les appelait des papillons. Il m'en avait donné un à lire. Qui disait simplement : « Le 1er novembre, un aviateur français libre a abattu un hydravion allemand. De quel côté êtes-vous ? » En bas, dans le coin, à droite, le mot « Liberté ! », suivi d'un point d'exclamation et entouré de guillemets, pour qu'on comprenne bien qu'il ne s'agit pas seulement d'un cri, mais d'une signature.

« Qu'en penses-tu ? »

Comme je cherchais mes mots, il avait ajouté aussitôt :

« Ce n'est qu'un début. »

Puis il m'avait expliqué de quelle manière je devais procéder. Glisser les petits papiers, discrètement, dans les boîtes aux lettres, ou sous les portes, un peu partout. Mais pas à la faculté, pas encore, ni dans mon quartier, pour ne pas attirer les soupçons. Je devais considérer cette première mission comme un entraînement. L'important était de ne pas me laisser repérer. « Il y a cent papillons, prends-les dans ta poche, distribue-les jusqu'au dernier, et surtout n'en rapporte aucun chez toi. Si, tu peux éventuellement en garder un, un seul, en le salissant comme si tu l'avais ramassé dans la rue. Mais ne rentre jamais chez toi avec un paquet. Ceux que tu n'arrives pas à placer, jette-les. »

J'ai suivi ses instructions à la lettre, et les choses ne se sont pas trop mal passées. À plusieurs reprises, Bertrand allait m'apporter des papillons, ou des tracts, aux textes plus étoffés. Il fallait soit les distribuer, soit les afficher sur les murs. Ce qui ne me plaisait pas beaucoup, parce qu'il fallait de la colle, et, aussi habile qu'on soit, on s'en mettait partout, sur les mains, les habits ; si on se faisait prendre, on portait sur soi les preuves du délit, en quelque sorte. Je n'aimais pas trop cela, mais je ne rechignais pas à le faire. J'ai à peu près tout fait, en matière de propagande, y compris les griffonnages à la craie, furtifs, sur les murs de la ville. Cela aussi, on en garde des traces, sur les mains et au fond des poches.

Dire qu'en arrivant en France, je m'étais promis de ne même pas lire les journaux ! J'avais juré trop vite ; de par ma naissance, et mon éducation, je ne pouvais rester insensible à ce qui se passait. Mais il a fallu aussi certaines circonstances. Ainsi, après cette querelle dans la brasserie, j'étais décidé, je l'ai dit, à ne plus jamais me laisser entraîner dans de pareilles discussions, je m'apprêtais à prendre des résolutions solennelles... Lorsque Bertrand est arrivé. Le hasard, n'est-ce pas ; ou, si l'on veut, la Providence. Il aurait pu ne pas être là, j'aurais passé les mois suivants plongé dans mes études. Il a fallu qu'il soit présent, dans ce bistrot, à la table voisine, qu'il entende notre conversation, qu'il me suive, et aussi qu'il trouve les mots pour «m'embrigader». En douceur. Il m'aurait demandé si je voulais m'engager, j'aurais pris un délai pour réfléchir, j'aurais peut-être fini par dire non. Mais il a agi si habilement qu'à aucun moment je n'ai eu à me poser clairement la question : vais-je m'engager dans un réseau de résistants ?

Avec lui, tout avançait par d'imperceptibles poussées. Un jour, alors que j'avais déjà à mon actif toute une série de petites opérations, il était passé chez moi, nous avions bavardé de choses et d'autres, puis, au moment de partir, il m'avait dit : « Quand je parlerai de toi à d'autres camarades, il serait bon que je n'utilise pas ton vrai nom. Comment allons-nous t'appeler ? » Il donnait l'impression de chercher un nom dans sa tête. En fait, il attendait une suggestion de ma part. J'avais dit : « Bakou. » Désormais j'avais mon nom de guerre.

Bakou, oui, comme la ville. Mais sans aucun rapport avec elle. C'est, en fait, un surnom affectueux que me donnait mon grand-père Noubar. Lui seul, et personne d'autre. À l'origine, il m'appelait « Abaka » ; ce qui, en arménien, signifie « avenir ». Une manière de dire tous les espoirs qu'il plaçait en moi. Lui aussi ! Et puis, d'une cajolerie à l'autre, le nom s'était mué en « Bakou ».

À présent tout le monde, dans le réseau dirigé par Bertrand, avait son nom de guerre et ses fonctions précises. Finie l'époque balbutiante des papillons et des griffonnages, nous passions à une étape supérieure, nous allions bientôt avoir notre propre journal, un vrai journal, écrit, imprimé et diffusé chaque mois, peut-être même plus souvent si les événements l'exigeaient.

Son titre : *Liberté !* C'était également le nom du réseau. En ces temps sombres et mornes, il nous fallait l'enseigne la plus lumineuse.

Pour le premier numéro, j'avais dû aller en prendre livraison à Lyon dans un appartement cossu du centre-ville. Un camarade m'accompagnait. Bruno, le fils du patron de la brasserie, un grand gaillard précocement dégarni, au nez cassé comme celui d'un boxeur ; marcher à son côté me donnait un absurde sentiment de sécurité.

Dès le deuxième numéro, nous avions trouvé un autre moyen de distribution. Un camion, qui livrait la bière, transporterait les liasses de journaux jusqu'au Ballon d'Alsace. C'était ingénieux. Nous arrivions au bistrot… Je dis « nous », parce qu'en plus de moi, Bertrand avait recruté à Montpellier trois autres étudiants. Un petit groupe plutôt efficace, mais qui allait trop vite se disperser. Nous arrivions donc au bistrot, Bruno nous faisait signe, nous passions dans la cave, nous prenions chacun trente ou cinquante exemplaires, nous ressortions, l'air de rien.

Ce système ingénieux allait fonctionner sans accrocs pendant plus d'un an. À l'université, et un peu partout dans la ville, j'entendais les gens parler de *Liberté !*, commenter ses articles, demander les uns aux autres s'ils n'avaient pas reçu dans leur boîte aux lettres le dernier numéro. L'opinion bougeait. On le sentait. Pétain était encore respecté par la plupart des gens, mais certainement pas son régime, ni ses ministres. Ceux qui le défendaient encore étaient obligés de dire qu'il n'était plus libre de ses mouvements. Et que son grand âge et ses états de service excusaient certains égarements…

J'étais persuadé que personne, en dehors du groupe, ne soupçonnait mes activités. Seulement, un jour, en arrivant au Ballon d'Alsace, comme à mon habitude, pour prendre livraison du dernier numéro, j'avais vu le camion de bière entouré par trois voitures de la gendarmerie. Des agents en képi allaient et venaient, transportant des liasses. La brasserie donnait sur un petit square planté de platanes sous lesquels le patron plaçait parfois des tables, quand il faisait beau et calme. On pouvait y accéder par six ruelles différentes. Précaution élémentaire, j'évitais de toujours venir par la même.

Ce jour-là, j'avais choisi un passage qui débouchait assez loin de la brasserie, ce qui m'avait permis de remarquer à temps ce qui se déroulait et de rebrousser chemin sans avoir été repéré. J'étais reparti droit devant moi. J'avais commencé par marcher lentement, puis mes pas s'étaient précipités. Pour un peu, je courais.

Il y avait chez moi, outre la peur, outre l'amertume de l'échec, un sentiment de culpabilité. On en a toujours dans de telles situations, mais chez moi, ce jour-là, c'était plus qu'un vague sentiment. Je me demandais sans arrêt si ce n'était pas moi que les gendarmes avaient repéré et filé, si ce n'était pas par ma faute que la cache dans la brasserie avait été découverte.

Pourquoi moi ? Parce qu'un incident avait eu lieu quelques semaines plus tôt, qui m'avait inquiété sur le moment, mais auquel j'avais décidé de ne pas accorder d'importance.

En sortant de chez moi, un après-midi, j'étais tombé nez à nez avec un gendarme en uniforme qui, à l'évidence, faisait le guet ; il avait paru troublé en me voyant, et avait cherché à se cacher sous l'escalier. J'en avais été intrigué, je m'étais dit que je devais être sur mes gardes, mais j'avais fini par hausser les épaules, et je n'en avais parlé ni à Bruno ni à Bertrand. À présent j'en avais du remords. C'en était même une vraie torture.

Et ce jour-là, donc, en m'éloignant de la brasserie, je m'étais dirigé spontanément vers le quartier où se trouvait la chambre que j'avais louée, près de la place de la Comédie, qu'à Montpellier on appelle «l'Œuf».

Mais était-ce vraiment ce que j'avais de mieux à faire ? En fait, j'avais le choix entre trois manières de réagir.

Je pouvais disparaître sur-le-champ, me hâter vers la gare, prendre le premier train, fuir, même sans destination précise, plutôt que de me laisser appréhender.

Je pouvais également, en gardant mon sang-froid, rentrer dans ma chambre, me débarrasser de tout papier compromettant, et reprendre ma vie normale en espérant que personne ne mentionnerait mon nom, et que je ne serais pas inquiété.

Il y avait enfin une solution médiane : passer dans ma chambre, y mettre de l'ordre, emporter quelques affaires dont je pourrais avoir besoin, dire à Mme Berroy, la propriétaire, que j'étais invité par des amis à la campagne, ce qui m'aurait permis de m'éloigner puis de revenir quelques jours plus tard sans avoir éveillé les soupçons par une disparition précipitée.

J'avais fini par opter pour cette dernière attitude – à mi-chemin entre la panique et la confiance excessive. J'avais zigzagué un peu sur le chemin, pour ne pas rendre la tâche trop simple à qui m'aurait suivi, j'avais contourné l'Œuf...

À quelques mètres de chez moi, je vois un gendarme en uniforme s'engouffrer dans l'immeuble. J'ai juste le temps de le reconnaître, à cause d'une balafre brune qu'il porte au visage, et qui monte de la mâchoire jusqu'au coin de l'œil. Le même gendarme que la fois précédente ! Je fais demi-tour, je file droit vers la gare.

Où aller ? Je n'avais qu'une adresse en tête. Celle de cet appartement bourgeois, à Lyon, où je m'étais rendu quelques mois plus tôt, avec Bruno, pour prendre livraison du journal. Un jeune couple y habitait, Danièle et Édouard. Avec un peu de chance, ils seraient encore là, et pourraient me remettre en contact avec Bertrand et les autres membres du réseau.

Lorsque je frappe à leur porte, ce soir-là, il doit être déjà neuf heures. L'homme m'invite à entrer d'un geste embarrassé. Je lui rappelle notre précédente rencontre, et lui explique ce qui vient d'arriver. Il hoche la tête, poli, mais plutôt raide ; et inquiet surtout de savoir si je n'ai pas été suivi. À ma réponse – «Je n'en ai pas eu l'impression » – il fait une moue qui veut dire : «Une impression ne suffit pas ! » Sa femme, Danièle, intervient aussitôt, plus affable. «Il ne faut pas s'alarmer trop vite. Tout se passera bien. Vous n'avez pas dîné, je suppose… » Ils étaient trois à table. Mes hôtes et une jeune fille.

Celle-ci se présente. Un prénom composé, qu'elle prononce de travers, à l'évidence son nom de guerre. À mon tour je me présente : «Bakou. »

«Un joli nom, Bakou», dit notre hôtesse.

«Mon grand-père me l'a choisi. C'est le diminutif d'un mot qui signifie "avenir". Il est persuadé qu'à force de répéter ce nom, il saura amadouer la Providence afin qu'elle m'assure le plus bel avenir. »

«Vous voulez dire que c'est votre vrai prénom ? » s'étonne l'invitée.

«Non, le prénom est faux, mais mon histoire est vraie. »

Ils m'ont tous regardé, fixement, pendant quelques secondes, puis nous avons ri de bon cœur. Après quoi l'invitée a dit : « Cela fait des mois que je n'avais pas ri. »

En le disant, elle riait encore, mais les deux autres avaient brusquement cessé de rire.

Jusqu'à la fin du repas, la conversation allait tourner autour de l'événement central du moment : la bataille de Sébastopol et l'annonce par Berlin de la cessation de toute résistance russe dans la ville. Mes hôtes s'accordaient à dire qu'en dépit de l'avance allemande, l'ouverture du front oriental, conjuguée à l'entrée en guerre des États-Unis, dont les effets allaient commencer à se faire sentir, permettait tous les espoirs. J'avais cru deviner, d'après certains de leurs propos, qu'ils étaient de sensibilité communiste. Ce qui m'avait un peu surpris ; notre ami commun, Bertrand, était gaulliste, catholique, et ne parlait des communistes qu'avec un brin de méfiance.

À peine le dîner terminé, Édouard s'était retiré dans sa chambre. Danièle m'avait montré alors la pièce où je pourrais dormir ; il y avait déjà sur le lit un pyjama appartenant à son mari et une serviette propre. Puis elle nous avait proposé, à l'invitée et à moi, de prendre un cognac au salon.

Cette jeune personne m'intriguait. Elle était plutôt menue, avec des cheveux très noirs, coupés court, et des yeux vert clair un peu bridés qui se refermaient chaque fois qu'elle souriait ; un visage jeune et lisse, mais autour des yeux, justement quand ils se refermaient, deux faisceaux de ridettes, comme les rayons d'un soleil dédoublé. Je faisais des efforts pour ne pas la regarder tout le temps, mais il ne m'était pas facile de regarder ailleurs. Je passais sans arrêt de ses yeux à ses cheveux, de ses cheveux à ses yeux. Il émanait d'elle un tel mélange d'assurance et de douceur.

Elle parlait correctement le français, avec toutefois un accent plus prononcé encore que le mien, et dont je devinais mal l'origine. J'avais envie de lui demander qui elle était, d'où elle venait, et pourquoi elle se trouvait dans cet appartement de Lyon... Mais on ne posait pas ce genre de questions dans la situation où nous étions. On parlait du cours de la guerre, de l'état de l'opinion, de l'esprit de résistance, de quelques actions d'éclat, mais pour ce qui était de nos personnes, on se contentait d'énoncer des noms de guerre. Et de deviner, aux propos de chacun, à son accent, un lieu de provenance. Un pays, une région, un milieu, une communauté.

Nous en étions arrivés dans notre conversation à la bataille d'Afrique du Nord, et aux nouvelles toutes fraîches selon lesquelles Mussolini s'apprêtait à entrer triomphalement en Égypte. Notre hôtesse, qui bâillait depuis un moment, s'était alors retirée à son tour. « Vous n'avez pas besoin d'aller vous coucher tout de suite. Finissez tranquillement vos verres. »

Elle sort, et nous nous retrouvons muets. Impossible de renouer le fil. Alors je dis, comme si je faisais la lecture dans un livre :

« Au moment de se retirer, Danièle, par inadvertance, emporta la conversation avec elle. »

J'entends alors ce même rire que ma voisine avait eu à table. À la fois gai et triste, abandonné et retenu. Ah, la plus douce musique de l'univers ! Et ces yeux qui s'engloutissaient !

« À quoi pensez-vous ? » me dit-elle soudain.

Il m'aurait fallu beaucoup d'effronterie pour

répondre simplement : « À vous ! » Mieux valait prendre un détour :

« J'étais en train de maudire cette guerre. Si nous étions dans ce salon, en train de siroter ce cognac, à deviser de choses et d'autres, sans ce cauchemar, dehors, sans cette peur, sans être traqués… »

« Vous savez, dit-elle, si nous n'étions pas traqués, l'un et l'autre, nous ne serions pas ici, dans cet appartement, à boire ce cognac ensemble… »

Un silence. Je baisse les yeux, car c'est elle à présent qui me dévisage. Je plonge mon regard dans la goutte brune au fond de mon verre à pied.

Soudain, ces mots, tout simples :

« Mon vrai nom est Clara. Clara Emden. »

Comment dire ce que signifiait pour moi cette phrase, dans ces circonstances ? En transgressant ainsi les règles de la prudence, nous entrions en quelque sorte dans une deuxième clandestinité, intime celle-là. Nous étions enfoncés chacun dans son fauteuil, mais par la pensée, et un peu par le regard, nous étions blottis l'un contre l'autre.

J'ai dévoilé mon nom, à mon tour. Mon nom entier. Et aussi une foule de choses sur ma famille, mes origines, mes études, mes ambitions, des choses que je n'avais jamais dites encore de cette manière à personne, pas même à moi… Vrai, certaines choses qui étaient enfouies en moi, je les ai découvertes en les lui disant, cette nuit-là.

Puis elle avait parlé. D'elle-même. De son enfance. De la ville de Graz, en Autriche, où elle est née. De sa famille. Au début, nous avions ri ensemble, et vagabondé par la pensée ; tous ces ancêtres aux manies étranges, aux métiers incongrus, tous ces noms qui, de loin, font rêver, Lublin, Odessa, Vitez, Pilsen, ou Memel. Mais soudain, elle s'était mise à parler d'autre chose. D'autres lieux. Non pas des lieux de résidence ou de migration, mais des destinations de ténèbres. Les voyages s'interrompaient. Les routes n'allaient plus du village à la ville, les trains ne roulaient plus d'une gare à l'autre. La géographie se brouillait, je ne situais plus les endroits, et ne voyais plus les visages, j'imaginais seulement des hommes en uniforme et d'autres en tenue de prisonniers, dans un paysage de tôles et de barbelés.

Clara avait perdu la trace de tous les siens.

Il ne faut pas croire que nous ne savions pas, à l'époque, pour les camps. Notre journal, *Liberté!*, dénonçait sans arrêt les rafles, les massacres. Nous savions beaucoup de choses. J'ai presque envie de dire que nous savions tout. Tout sauf l'essentiel. Tout sauf cette chose insaisissable vers laquelle tout convergeait, cette chose que nous ne soupçonnions pas, parce qu'elle paraissait trop monstrueuse, même de la part des nazis : la volonté d'extermination totale. Même Clara, qui avait vu tant de choses, ne parlait pas de cela. Elle évoquait une persécution, plus sauvage qu'à aucun autre moment de l'Histoire, mais elle ne parlait pas de « solution finale ». Il fallait avoir en soi quelque chose de monstrueux pour seulement imaginer une éventualité pareille.

Elle avait perdu sa famille entière. Perdu dans les différents sens du mot ; les uns morts, les autres éparpillés dans les lieux de l'horreur… Peut-être quelques-uns s'en sortiraient-ils, elle l'espérait encore.

Quand sa famille avait été appréhendée, elle-même se trouvait chez une amie catholique, qui l'avait cachée, puis avait réussi à la faire passer en Suisse.

En Suisse, parfaitement. Et de là, alors qu'elle se trouvait en totale sécurité, elle avait choisi de venir jusqu'à Lyon. Elle ne supportait pas l'idée que des gens se battent, que d'autres meurent, ses plus proches parents, pendant qu'elle-même se contentait de rester à l'abri. Elle avait pris contact avec quelqu'un de notre réseau, qui avait assuré son passage.

La nuit où nous nous sommes rencontrés, elle attendait des papiers d'identité. Pour aller où ? Pour mener quelle opération ? Là s'arrêtaient les confidences. Tout sur le passé, mais rien sur l'avenir. Il était clair cependant qu'elle était revenue de la Suisse libre vers la France vaincue pour se battre.

« Demain, quelqu'un viendra me voir pour me donner mes papiers. Je pense qu'il voudra aussi vous poser quelques questions avant de préparer les vôtres. Il paraît qu'on le surnomme : Jacques-des-faux-papiers. »

Quand il a frappé à la porte, à sept heures du matin, nous étions toujours en train de bavarder, Clara et moi. Aucun de nous n'avait encore bougé de son fauteuil.

L'homme voulait nous rencontrer chacun séparément. Elle est partie juste après. Nous nous sommes quittés avec deux baisers de camarades sur les joues, et un vague « à bientôt » suspendu aux cordes du hasard.

De moi, Jacques-des-faux-papiers voulait prendre une photo et connaître certains détails, afin d'établir ma nouvelle identité. Plus que l'âge ou l'aspect physique, il y avait l'accent, par exemple, et les études. Il fallait bien en tenir compte. Il m'avait demandé en outre si j'étais circoncis.

Il avait pris quelques notes sur un calepin. S'était éclipsé. Puis était revenu trois jours plus tard, avec mes papiers. Et des explications précises concernant ma vie d'emprunt. Il m'avait fait naître à Beyrouth, en dix-neuf, d'un père officier de l'armée française et d'une mère musulmane. Ce qui permettait de rendre compte de mes diverses particularités. Nom, Picard ; prénoms, Pierre Émile. Le trait de génie, c'était la profession qu'il m'avait choisie : électricien, et plus précisément «réparateur d'instruments de médecine». Car il avait trouvé pour moi un employeur. Du côté de Toulouse, un fabricant d'appareils électriques pour hôpitaux et cabinets médicaux, un homme acquis à la Résistance, qui était prêt à déclarer que je travaillais et logeais chez lui, et que je devais me déplacer continuellement auprès de ses clients, dans tout le midi de la France, pour réparer les instruments, assurer leur vérification et leur entretien. Une couverture astucieuse qu'il fallait rendre crédible : je suis allé voir mon patron, qui m'a initié en professionnel au fonctionnement des appareils et m'a conseillé d'apprendre par cœur les notices d'emploi.

C'était Bertrand lui-même qui avait eu l'idée de cette couverture. Impressionné, semble-t-il, par l'efficacité de mon action à Montpellier, content aussi de la manière dont j'avais réagi face au danger, il avait décidé que j'étais tout indiqué pour le rôle d'agent de liaison, disons simplement de courrier.

Ce que je faisais, concrètement ? Entre les dirigeants nationaux de notre réseau, les responsables régionaux, et les différents groupes isolés de résistants, il fallait bien communiquer, transmettre des ordres, des directives, des requêtes, des renseignements, des documents, des faux papiers, parfois, plus rarement, une arme de poing ou un chargeur ; on avait donc besoin d'un certain nombre d'hommes de confiance jeunes, infatigables, débrouillards. Pour moi, qui semblais offrir ces qualités, Bertrand avait songé à cette couverture idéale. Je pouvais ainsi sillonner le pays à longueur d'année, avec une serviette remplie de prospectus et de notices d'emploi. Afin de mettre le plus de chances de mon côté, je repérais à chaque déplacement un cabinet médical où j'aurais pu me rendre pour une vérification de l'appareillage. Il m'arrivait même assez souvent d'effectuer des réparations pour de vrai.

Mon système était bien rodé, je dois dire. Et lorsqu'il y avait un courrier important, c'était à moi qu'on le confiait, à Bakou.

Non, pas Picard, Bakou. L'autre, c'était mon nom officiel. En public, on prenait soin de m'appeler ainsi. Mais quand on parlait de moi au sein de l'organisation, dans un document, il ne fallait surtout pas mentionner Picard, personne n'était censé savoir que Picard, c'était Bakou, le légen-daire Bakou...

J'ai dit cela en plaisantant. Mais il y avait, c'est vrai, dans notre tout petit milieu, une toute petite légende : Bakou peut transmettre n'importe quel pli à n'importe quel destinataire, il peut traverser n'importe quel barrage de contrôle, une fleur à la bouche. Une sorte de Gavroche...

Cela dit, il faut ramener mes prétendus exploits à leur juste mesure : pas une fois je n'ai pris part à une vraie bataille. Je ne portais d'ailleurs jamais d'armes sur moi, cela aurait seulement rendu mes déplacements plus hasardeux. C'est pourquoi, lorsque vous me demandiez, hier, si j'avais « pris les armes », je ne pouvais honnêtement pas dire « oui » ; ni même « pris le maquis », ce ne sont pas les mots qui conviennent. J'ai surtout beaucoup pris le train ! J'ai parfois l'impression d'avoir passé la guerre dans les trains, avec ma sacoche... J'étais un postier, en somme, un facteur, le cour-rier de l'ombre.

Ma contribution était utile, je crois, tout en res-tant modeste. Elle me convenait. N'en déplaise à la mémoire de mon père, je n'ai jamais su jouer les « dirigeants », ni les héros. Je n'ai jamais été autre chose qu'un garçon appliqué, conscien-cieux. Un tâcheron de la Résistance. Il en faut, vous savez...

Si vous en étiez déçu, je le comprendrais. Tant d'autres personnes pourraient vous faire des récits exaltants. Moi, je n'ai été mêlé qu'à une seule action véritablement spectaculaire, l'une des plus héroïques de cette époque-là ; mais je n'en ai été qu'un bénéficiaire, sans y avoir joué le moindre rôle. C'est pourquoi je vous prierai de ne pas la mettre à mon actif.

C'était en octobre quarante-trois. Je faisais déjà depuis plus de quinze mois mon travail de « courrier », sans accroc. Bertrand, que je venais de rencontrer à Marseille, m'avait confié un pli qu'il fallait remettre d'urgence, à Lyon, à un ancien officier d'état-major récemment passé à la Résistance. Je crois bien que le pli provenait d'Alger, où se trouvait alors le général de Gaulle.

En arrivant à l'adresse indiquée, je n'avais rien remarqué d'inquiétant. J'avais donc pris les escaliers. Ils étaient couverts d'un tapis rouge bordeaux sur lequel j'avais décelé des traces de boue. Rien d'anormal, puisqu'il avait plu dans la journée. J'avais pris cependant, comme je le faisais parfois, une précaution de routine. L'officier habitait au troisième étage. Je m'étais arrêté au deuxième, j'avais sorti le pli de ma serviette, pour le glisser sous le paillasson ; je pouvais toujours le récupérer en dix secondes lorsque j'aurais vérifié que « la voie était libre ».

En l'occurrence, elle ne l'était pas. L'homme qui m'avait ouvert portait l'habit de la Milice. Un pistolet à la main.

« Est-ce que le docteur est là ? »

« Quel docteur ? »

« Le docteur Lefèvre. Je viens réparer le cardiographe. Il m'attend. »

« Il n'y a pas de docteur Lefèvre. »

« Ah bon, on m'avait bien dit au numéro dix, troisième étage. »

« Ici, c'est le huit. »

« Excusez-moi, j'ai dû confondre… »

J'ai bien cru que j'allais m'en tirer. Même quand l'homme m'a demandé d'ouvrir ma sacoche. Je

savais qu'elle ne contenait rien de compromettant. Il jetait un coup d'œil ensommeillé sur les
prospectus, lorsqu'une voix de l'intérieur a crié :
« Amène-le ! »

J'aurais pu essayer de courir. Mais il était plus
raisonnable de jouer l'innocence jusqu'au bout.
Je suis entré. L'officier que je venais voir était
assis sur un fauteuil, les poignets attachés, une
bouche de pistolet sur la nuque.

« Vous le connaissez ? »

« Non, je ne l'ai jamais vu. »

Il disait vrai. Probablement même ne m'atten-
dait-il pas et ne savait-il que très vaguement qui je
pouvais être. J'avais tout de même frappé à sa
porte, les miliciens n'avaient aucune envie de
croire à une simple méprise.

On nous a conduits, l'officier et moi, dans une
prison où se trouvaient déjà une trentaine de
détenus. Je connaissais quelques têtes, mais je me
comportais comme s'ils étaient tous des inconnus, et moi un parfait innocent. Nous étions entre
les mains de la Gestapo.

Je m'attendais à un interrogatoire en règle, et
je me posais sans arrêt la question que chacun
se pose dans ce cas, une question que je m'étais
déjà posée mille fois dès l'instant où j'avais
rejoint l'action clandestine : serais-je capable de
ne pas parler sous la torture ? de ne pas révéler les dizaines d'adresses que je connaissais,
qui auraient fait démanteler l'ensemble de notre
réseau et arrêter des centaines de camarades ?
Soudain, ma mémoire, qui m'était toujours apparue comme une précieuse alliée dans la vie,
devenait une ennemie. Si seulement je pouvais
l'éteindre, ou la vider, faire table rase !

Je n'avais qu'une ligne de défense : tout nier.

J'étais réparateur d'appareils médicaux, un point c'est tout. Avec les coupures de courant, les appareils se déréglaient souvent, j'avais beaucoup à faire. Bien sûr, ils pouvaient remonter jusqu'à mon patron, à Toulouse, essayer de le faire parler. Mais je n'étais pas si important qu'il faille, à partir de moi, remonter loin.

J'ai dormi une nuit en prison, et le lendemain, dans l'après-midi, on a ordonné à une quinzaine d'entre nous de monter dans un fourgon. Je suppose qu'on nous emmenait vers le lieu où nous serions interrogés. Nous n'y sommes jamais arrivés.

Nous étions partis depuis quelques minutes seulement lorsqu'une fusillade a éclaté. Le fourgon était attaqué, en pleine ville de Lyon, par des résistants. Plus tard, je devais apprendre d'autres détails. Sur le moment, je me souviens seulement de ces tirs nourris, de la portière qui s'ouvrait, de cette voix qui criait : « Vous êtes libres, sortez ! Courez ! Dispersez-vous ! » J'étais sorti, j'avais couru, m'attendant à être fauché à chaque pas par une salve. Il n'y avait pas eu de salve. Je m'étais abrité quelques secondes dans une église, puis je m'étais dirigé vers une rue passante. J'étais tiré d'affaire. Pour l'instant. Car on m'avait pris tous mes papiers, et je ne voyais pas à quelle adresse je pourrais me rendre sans mettre mes correspondants en danger.

Ayant gardé, heureusement, un peu d'argent, glissé dans ma chaussette, j'avais poussé la porte d'un petit restaurant, décidé à y faire le meilleur des repas. Je me disais que l'avenir m'apparaîtrait moins sombre lorsque j'aurais le ventre plein.

J'étais l'unique client, ce n'était l'heure d'aucun repas. Bien trop tard pour déjeuner, et juste un peu tôt pour dîner. J'avais pris néanmoins l'un des menus posés sur un dressoir, près de l'entrée, et je m'y étais plongé. J'avais déjà choisi trois plats aux noms prometteurs, quand le patron était venu vers moi.

« J'aurais voulu dîner, est-ce que j'arrive trop tôt ? »

« Nous sommes ouverts. »

« Parfait. Je voudrais… »

Et j'avais énuméré avec délectation les gâteries qui me tentaient. Le patron m'écoutait sans m'interrompre, mais sans rien noter non plus. Il arborait un sourire satisfait, comme si le seul fait de mentionner ces plats le flattait. Et quand j'ai eu fini de commander, il était resté là, avec le même sourire. Pour hâter les choses, j'avais dit, en me raclant la gorge :

« Ce sera tout ! »

L'homme avait sursauté, s'était redressé, comme s'il se mettait au garde-à-vous pour faire un rapport.

« Cela fait quatre jours que je n'ai pas été livré. Je n'ai que de la soupe aux lentilles, et du pain rassis. »

Il paraissait si triste que je m'étais senti obligé de le consoler :

« Ce sera parfait, une soupe, c'est exactement ce que je voulais. »

Je n'allais tout de même pas me lever et partir !

Et la soupe arrive, fumante. Je la hume. Je prends la première cuillerée. Des lentilles, en effet, mais pas n'importe lesquelles, des lentilles au cumin ! Saupoudrées de cumin, en abondance, comme chez nous. Étrange, je me dis. Se pourrait-il que cela fasse partie des recettes lyonnaises ? Non, ce goût ne trompe pas, je sais parfaitement d'où il vient. J'ai envie d'interroger le patron. Je m'apprête à l'appeler, puis je me ravise. Que pourrais-je lui dire ? Que j'ai retrouvé dans sa soupe les saveurs de mon pays ? De quel pays s'agit-il ? Quand l'ai-je quitté ? Depuis quand suis-je à Lyon ? Oh non, surtout pas. S'il y a une chose à éviter dans ma situation, moi le fugitif sans papiers, c'est d'engager la conversation avec un inconnu ! et sur le thème de mon identité ! Je ravale donc mes questions, je me contente de déguster la soupe, en y trempant des bouts de pain rassis.

Le patron s'en va, et c'est sa femme qui, un peu plus tard, vient prendre mon assiette. Je l'avais si bien vidée et nettoyée que le fond scintillait. Elle l'emporte, puis, sans rien me demander, la rapporte pleine.

« Merci. C'est délicieux ! »

« C'est une recette de mon village », dit-elle.

Seigneur ! Elle parle avec mon accent ! L'accent du Vieux Pays ! J'ai tellement envie de lui demander de quel village il s'agit... Non, je n'en ai pas le droit, il faut que je me retienne encore. Alors je répète, de ma voix la plus neutre :

« Merci, c'est délicieux ! »

Je recommence aussitôt à manger, le regard au fond du plat, m'attendant à ce qu'elle reparte vers les cuisines. Mais elle ne bouge pas. Elle reste là, à me dévisager. Je suis persuadé qu'elle avait tout compris. D'où je venais, et pourquoi je n'osais rien dire. À un moment, je relève les yeux. Elle me couvait du regard, avec une infinie tendresse. Jamais personne n'avait posé sur moi ce long regard maternel. J'avais envie de pleurer sur son épaule.

100

Puis, comme si elle avait entendu mes questions muettes, elle s'est mise à parler. Son mari était militaire, jadis, dans l'armée du Levant, avec le général Gouraud. Son campement n'était pas loin du village où elle vivait. Il venait parfois acheter des œufs à la ferme de ses parents. Ils se parlaient de temps à autre, et se faisaient des signes. Ils s'étaient mariés juste après la guerre, avaient vécu dix ans à Beyrouth, avant de s'installer en France en vingt-huit, pour ouvrir ce restaurant...

Pendant qu'elle parlait, je n'arrêtais pas de me répéter : cette femme et son mari auraient pu être les parents de «Picard», mes parents pseudo-nymes, mes parents d'emprunt ! J'avais la gorge saisie, comme un enfant ensorcelé. Je ne disais toujours rien, je ne dévoilais rien, mais mes yeux ne fuyaient plus, ils s'abandonnaient dans ceux de cette mère d'un jour. Elle m'aurait interrogé, je lui aurais tout raconté. Elle n'a rien demandé, elle a seulement prononcé un traditionnel : «Dieu te protège !» Puis elle s'est éclipsée.

Elle ne devait plus se montrer. Jusqu'à la fin du repas, c'est son mari qui allait me servir. Avec, lui aussi, un sourire complice, quoique sans un mot. Mais cette femme, cette brève apparition, m'avait transfiguré. Je n'étais plus un fugitif, je n'étais plus traqué, je voguais très au-dessus de mes frayeurs du moment, très au-dessus de ma per-sonne ; de minute en minute mes horizons s'élar-gissaient.

J'en étais même arrivé à me persuader que les choses ne se présentaient pas sous un si mauvais jour. J'étais traqué, sans doute, mais c'est juste-ment parce que j'étais libre ! Ce matin-là encore, j'attendais le pire, la torture, l'humiliation, la mort, et le soir j'étais attablé libre dans un restaurant, je commandais, je buvais, je mangeais, je savourais. Et puis, – plus important que cela, bien plus important – j'étais, si j'ose dire, en train de gagner la guerre ! On venait d'apprendre, quelques jours plus tôt, que la Corse avait été libérée ; en Italie, Mussolini avait été renversé, et le pays avait même rejoint le camp des Alliés, déclarant la guerre à l'Allemagne nazie ; à l'est, les Russes avaient repris l'offensive, reconquis le Caucase, et progressaient en direction de la Crimée ; de leur côté, les Américains déployaient sur tous les fronts leur formidable machine militaire ; et sur les plages d'Angleterre on préparait le débarquement. En France, l'opinion était à présent massivement en notre faveur ; tout juste restait-il chez les gens une certaine indulgence pour le vieux maréchal ; on l'excusait encore, parfois, mais on ne le suivait plus ; et la Résistance devenait chaque jour plus puissante, plus audacieuse ; à preuve cette action d'éclat qui m'avait délivré...

À la fin du repas, en commandant le café, j'étais un autre homme, un conquérant digne de mes ancêtres, je chantonnais sous mes lèvres closes. La peur était passée, l'angoisse était tenue en laisse. Demeurait la joie d'être libre...

J'aurais voulu m'éterniser dans ce petit restaurant. J'avais l'impression d'y être en parfaite sécurité. Il faut dire aussi que je ne voyais pas du tout où j'aurais pu aller, à quelle porte j'aurais pu frapper, sans mettre en péril l'ensemble du réseau. Je ne pouvais même plus prendre le train ; sans papiers, je n'aurais pas passé le premier contrôle.

Croyez-vous à la chance ? Ou à la Providence ? Il y a chez nous plusieurs proverbes pour dire qu'on meurt seulement lorsque l'huile de sa lampe de vie est épuisée, ou quelque chose de ce goût-là. Il faut bien croire que la mienne de lampe avait encore des réserves. En sortant du restaurant, qui vois-je passer ? Jacques ! Jacques-des-faux-papiers ! Nos yeux se croisent, puis se fuient. Chez lui, une lueur de surprise, chez moi un éclair de bonheur. Je le suis. Il n'allait pas loin. Dans l'immeuble contigu à celui du restaurant, au deuxième étage, il avait son «atelier». Huit personnes y travaillaient en permanence. Je n'ai pas eu besoin de lui expliquer dans quelle situation je me trouvais, il savait déjà tout. On m'avait reconnu lorsque j'étais sorti du fourgon, mais dans le feu de l'action, le commando n'avait pas eu le temps de s'occuper de moi. Jacques se doutait bien que je n'étais pas allé loin.

J'avais, bien entendu, besoin de nouveaux

103

papiers, d'une nouvelle identité, pour que je puisse repartir sur les routes. Mais mon sauveur a eu soudain une meilleure idée : m'embaucher. On lui donnait beaucoup plus de travail qu'il ne pouvait en accomplir. Il avait commencé seul. Il s'aidait à présent de sept acolytes de tous âges. Un de plus serait le bienvenu. «À condition que tu n'aies pas une écriture de médecin.» Il m'a mis à l'essai. Je me suis appliqué. Je possédais, paraît-il, de remarquables dons de faussaire. «Avec, hélas, des principes moraux trop rigides pour te permettre de les faire fructifier en temps de paix. Nul n'est parfait.» Ce sont les propos de Jacques. Il m'a appris tant de choses, mais j'aurais aimé apprendre encore davantage de lui, jusqu'à son humour bourru.

Je garderai toujours un souvenir ému de l'atelier des faux papiers. C'était une sorte de fourmilière silencieuse, au rôle irremplaçable. Il ne s'agissait pas seulement de falsifier des documents, c'était tout un univers parallèle qu'il fallait inventer, gérer, et rendre crédible face à un ennemi tout-puissant. Sans l'application tatillonne de Jacques et de ses complices, aucune action de résistance n'aurait été possible, l'idée même d'une organisation clandestine aurait été impensable. Pourtant, leurs noms sont demeurés obscurs. Comment expliquez-vous que des gens puissent se donner entièrement à une tâche aussi ingrate, où ils risquent à chaque instant leur vie, sans espérer la moindre contrepartie matérielle ou morale ? Certains de ces hommes ne croyaient même pas en Dieu pour pouvoir espérer une rétribution dans une vie future.

Si je suis fier d'avoir partagé leur lot ? De cela, oui, je suis fier, je n'ai aucun scrupule à le dire ! Quand, de temps à autre, au lendemain de la guerre, je rencontrais quelqu'un qui s'intéressait à cet aspect discret de la Résistance, je passais des heures à lui expliquer dans le détail tout ce que nous faisions.

À l'inverse, j'étais agacé quand on me demandait, pour la cent vingt-sixième fois, de raconter ma «glorieuse» évasion. Après tout, qu'avais-je fait? Une course de soixante mètres, un bon repas, une rencontre providentielle. Pour cela, j'étais un héros! Et les milliers de fois où j'avais risqué ma vie une plume de copiste à la main, ou bien pour porter un message...

Remarquez, je reste philosophe. Mille actes réduits à peu de chose, un acte gonflé mille fois; au total, je m'y retrouve!

Ce couple qui tenait le restaurant de la soupe au cumin, non, je ne l'ai plus revu, hélas. Les premiers temps, je ne quittais pas l'atelier, on m'apportait à manger, et je dormais sur place; au bout de quelques mois, j'avais recommencé à sortir, à m'aventurer un peu dans les rues, mais je faisais un détour pour ne jamais passer devant chez eux. À cette époque-là, et dans la situation où je m'étais mis, si j'avais de l'affection pour quelqu'un, il valait mieux que je l'évite pour ne pas lui causer d'ennuis. C'est seulement à la Libération que je suis repassé par là. Le restaurant était fermé. Depuis des mois, semble-t-il. Un voisin m'a dit que «le lieutenant» était reparti chez lui, du côté de Grenoble...

Quant à moi, je suis resté à l'atelier des faux papiers. Sans bouger, jusqu'à la Libération. Que nous avons fêtée en débouchant quelques bouteilles de champagne; confiant, Jacques les avait mises au frais plusieurs semaines auparavant. Nous étions tous, dans notre bonheur, légèrement tristes. Avec la fin de la clandestinité finissait notre belle aventure. Cela n'arrive pas souvent dans la vie que l'on puisse être mauvais garçon pour une bonne cause.

Après, je suis allé à Montpellier. Mais pas tout de suite ; Bertrand m'avait gardé auprès de lui pendant trois mois, à Lyon, pour diverses missions. Quand j'ai pu enfin m'y rendre, c'était un peu comme un premier retour chez moi. J'étais curieux de me retrouver dans un lieu où j'avais vécu avant la guerre, lorsque je n'étais pas encore Bakou.

Entre-temps, j'avais eu des nouvelles, bien sûr. Je savais que Bruno et son père, arrêtés au moment de l'affaire du camion de bière, n'avaient passé que deux petits mois en détention. Mais qu'ils avaient été appréhendés de nouveau un an plus tard, pour des motifs plus graves, et déportés. Le père était revenu, pas Bruno. Le petit square près de la brasserie porte aujourd'hui son nom.

C'est là que je me suis rendu en premier. En me voyant, le patron m'a serré longuement contre son cœur, comme si j'étais un autre fils retrouvé. Jusque-là, nous nous étions juste serré la main deux ou trois fois, je ne me souvenais même pas de lui avoir déjà adressé la parole, sinon pour commander ma bière ou régler ma note. Sa femme aussi était morte pendant la guerre. Peut-être avait-elle pressenti que son fils ne reviendrait pas.

En quittant la brasserie, je suis allé chez la dame qui m'hébergeait, Mme Berroy. Qui, à son tour, m'a serré dans ses bras. Elle m'a appris que des histoires circulaient à mon sujet dans la ville ; chose dont je devais avoir confirmation plus tard dans la journée en me rendant à la faculté de médecine. Je ne sais pas si c'était dû à ma disparition soudaine, à mes origines, ou à quelque conjonction de rumeurs et d'incidents, mais tout le monde semblait persuadé que le nommé Ketabdar était devenu un héros de la Résistance. On me prêtait tout un palmarès de faits d'armes glorieux dont quelques-uns étaient inventés, et les autres, la plupart, basés sur des faits réels, mais dans lesquels mon rôle était démesurément amplifié.

Pour en revenir à Mme Berroy, une fois terminées les effusions, elle s'était dite étonnée qu'on ne soit jamais venu l'interroger à mon sujet en dépit de tout ce qui se racontait en ville sur mes activités.

« Vous voulez dire que personne n'est jamais venu fouiller ici après mon départ ? »

« Personne. »

« Ni la Milice, ni la gendarmerie, ni les Allemands ? »

« Personne, je vous dis ! Vos affaires sont toutes rangées dans la cave, personne n'y a touché. J'ai seulement dû les enlever pour pouvoir louer la chambre, vous comprenez… »

À mes yeux, cela voulait dire que les autorités, quant à elles, ne se faisaient pas de fausses idées sur mon importance ou, devrais-je dire, mon peu d'importance. Mais pour ma logeuse, à en juger d'après le ton de ses insinuations, c'était bien là, au contraire, la preuve ultime de l'habileté légendaire dont on me gratifiait. Bakou, l'insaisissable.

Pourtant, me direz-vous, il y avait bien ce gendarme qui s'engouffrait dans mon immeuble, ce fameux jour où j'avais pris la fuite. Justement, j'y arrive. Vous ai-je déjà dit que Mme Berroy avait une fille, Germaine, une rouquine plutôt bien faite, mais qui n'avait pas la meilleure des réputations ? Non, je n'ai pas dû la mentionner. C'est ma pudeur de Levantin… Mes camarades me parlaient souvent d'elle, me taquinaient, en me demandant si je… En fait, j'ai toujours été un grand timide avec les femmes, et je ne me serais pas vu entreprendre quoi que ce soit. Quand je croisais Germaine, quelquefois, je la saluais d'un sourire poli, qu'elle me rendait. Et je continuais à monter l'escalier, les joues un peu rosies.

Eh bien, Mme Berroy me dit ce jour-là : « Vous savez que ma fille s'est mariée en votre absence ? Je vais vous présenter mon gendre, il sera heureux de serrer la main d'un homme comme vous. »

J'entre dans le séjour. Vous devinez la suite… Le mari de Germaine porte un uniforme de gendarme. Il a une balafre sur la joue, de la mâchoire jusqu'au coin de l'œil. Il se lève et me tend la main avec un large sourire.

« Nous nous sommes croisés une ou deux fois dans l'escalier, il me semble. Du temps où je faisais la cour à Germaine. Vous m'aviez fait une de ces peurs… »

Ainsi je m'étais enfui pour rien ! Si je n'avais pas vu, ce jour-là, un gendarme s'engouffrer dans l'entrée de l'immeuble, ma vie aurait suivi un tout autre cours.

Pour le meilleur ou pour le pire ? Quand on est encore en vie pour se poser cette question, c'est que ce n'était pas pour le pire.

Mais une autre surprise m'attendait. Alors que je montais l'escalier, avec ma propriétaire, pour aller jeter un coup d'œil nostalgique à mon ancienne chambre, en atteignant une certaine marche, j'ai reçu soudain à pleines narines une forte odeur de moisi. J'avais du mal à respirer. Et je me suis rendu compte, dans une sorte d'éblouissement, que je n'avais plus eu le moindre problème respiratoire ou pulmonaire depuis que j'avais quitté cette mansarde. De même que je n'en avais jamais eu auparavant. Cette odeur de moisi, et aussi, dirais-je, de vieille cendre, je l'avais sentie en arrivant, et puis, avec le temps, j'avais cessé de la sentir. Là, de nouveau, elle m'asphyxiait.

J'ai dit à la brave dame dans ce qui me semblait être mon dernier souffle :

« Je redescends. »

Elle a refermé la porte à clé, tout en me regardant avec inquiétude.

« Vous avez encore vos crises d'asthme, à ce que je vois. »

« De temps à autre. »

« Vous n'êtes pas le seul, allez ! Le jeune homme qui a loué la chambre après vous, il avait de l'asthme lui aussi. À deux reprises, j'ai dû appeler le médecin la nuit. »

Elle a ajouté :

« À présent, la chambre est libre. Si vous voulez, vous pourrez y dormir cette nuit, pas en locataire, cette fois, mais en invité ! »

« Vous êtes bien aimable. Seulement, je dois reprendre le train dès ce soir pour Marseille. »

Bien entendu, je mentais, je ne devais repartir que le lendemain. Mais à cette maudite mansarde j'avais déjà payé plus que mon dû…

J'allais passer la nuit dans la chambre d'un camarade carabin, une nuit blanche, d'ailleurs, à tenter de le convaincre que je n'avais pas accompli tous les exploits que la rumeur m'attribuait. Peine perdue…

Il faut dire qu'il y a une circonstance qui m'a desservi, – ou servi, selon le point de vue où l'on se place ; un malentendu qui a paru donner raison aux rumeurs les plus extravagantes.

Au lendemain de la Libération, il y avait eu des centaines de réunions, à tous les niveaux, entre les différents mouvements de résistance, et avec les autorités qui se mettaient en place, pour régler une kyrielle de problèmes : l'épuration et ses dérapages, le sort des déportés, le désarmement des résistants, le ravitaillement, etc. À l'une de ces réunions, comme aucun des responsables du réseau Liberté! n'était disponible, Bertrand m'avait demandé d'aller faire acte de présence, et de prendre note de ce qui se disait. Contrairement à ses prévisions, certains autres mouvements avaient décidé d'y envoyer des dirigeants de premier rang ; de plus, les photographes de la presse lyonnaise étaient là. C'est qu'on avait arrêté dans la nuit un collaborateur notoire, et la réunion, à l'origine routinière, avait pris soudain de l'importance aux yeux de l'opinion. Je m'étais ainsi retrouvé avec ma photo en première page du *Progrès*, présenté comme l'un des dirigeants cachés de la Résistance.

À Montpellier, personne ne voulait croire à un malentendu. Essayez de nier que vous êtes un héros, vous garderez votre réputation intacte, et l'on vous créditera, en plus, de la modestie. Qui serait, justement, à ce qu'on dit, la vertu suprême des héros.

Vendredi matin

Je suis persuadé qu'Ossyane était sincère quand il cherchait à minimiser ses exploits. L'idée qu'on puisse le prendre pour un «dirigeant» lui était insupportable, depuis l'enfance. Alors il abondait dans le sens inverse, au point que ses dénégations, trop véhémentes, rendaient ses interlocuteurs perplexes et soupçonneux.

Ce fut en tout cas ma propre réaction. Bien après que nous nous fûmes quittés, en relisant un jour mes notes, l'envie me prit de regarder les choses de plus près. Je partis dans le midi de la France, à la recherche de celles et ceux qui avaient vécu cette époque trouble, ses maquis, ses rafles, ses chuchotements, ses réseaux. Au bout d'un mois d'étonnantes rencontres, d'interrogations naïves et de recoupements, j'avais acquis la conviction qu'il y avait bien eu, dans certains milieux, une légende liée au nom de «Bakou», et que le rôle de ce dernier dans la Résistance n'avait pas été, tout au long, celui de simple «courrier».

Mais était-ce vraiment là l'essentiel? L'importance du rôle n'est, après tout, qu'affaire d'appréciation. L'homme m'avait livré sa part de vérité. C'est-à-dire les faits et aussi les sentiments qui les accompagnaient. Lorsqu'un être se raconte, l'objectivité n'est-elle pas la voie balisée du mensonge?

Je me promis de ne plus chercher à vérifier ni à fouiller. Mais de me contenter de ses paroles et de

mon propre rôle d'accoucheur. Accoucheur de véri-
tés, accoucheur de légendes, la belle différence!

— Nous en étions donc au moment où vous
quittiez la France pour rentrer au pays. Je suppose
qu'à Beyrouth, on vous attendait...

Je n'avais dit à personne sur quel bateau je
serais, mais mon père l'avait appris, Dieu sait
comment, et il l'avait fait savoir à la ville entière.
S'étaient également répandues cent rumeurs
concernant mon action dans la Résistance. On se
chuchotait même mon nom de guerre, Bakou.

Bakou, Jacques, Bertrand, les faux papiers, la
guerre, la Résistance – je n'avais pas encore vingt-
sept ans, et déjà une vie révolue. Devant moi,
d'autres vies. Peut-être.

L'arrivée au port. La foule rassemblée sur le
quai. Mes yeux mouillés au moment de franchir
la passerelle. Cette fille aux cheveux sautillants
qui s'approche pour me passer une guirlande
autour du cou. Je me penche. Ses bras nus frôlent
mes joues. Je me redresse. Des voix inconnues se
mélangent derrière moi. Un photographe me fait
signe de ne plus bouger, de garder ce même sourire, et de fixer l'objectif. Tout le monde s'immobilise, retient son souffle, de longues secondes.
Le silence. Puis, lentement, geste par geste, la
scène se ranime, les cris montent à nouveau. Des
applaudissements, des vivats. Voici mon père qui
s'avance. Sur la tête un chapeau de feutre rouge.
Un chapeau de fête. La foule s'écarte pour le laisser passer. Nos regards se rencontrent. Ce regard
d'attente qui pesait tant, jadis, sur mes épaules, il

me semble ce jour-là plus léger. Mon père ôte son chapeau et me prend dans ses bras. Me serre fort. Des applaudissements, à nouveau. Il m'écarte de lui, me tient à bout de bras, me dévisage. Moi, dans ses yeux, je lis tout à coup autre chose que la joie attendue, autre chose que la fierté. Quand il m'attire à nouveau contre lui, je bafouille une question. Il me répond : « Plus tard, à la maison, je t'expliquerai tout. »

J'étais inquiet comme on peut l'être lorsqu'on se trouve soudain au cœur d'une joie intense, et un peu imméritée. Cette impression que le malheur guette, tel un rival jaloux au prochain croisement. Mais au-delà des pressentiments, dans cette foule trop de gens manquaient.

De toute ma famille, il n'y avait là que mon père. Les autres, où étaient-ils ? Et d'abord mon grand-père, le meilleur photographe du pays, qui était là en toutes occasions, à nous aligner, à nous houspiller, à nous éblouir de son flash. Pour rien au monde il n'aurait voulu manquer ce cliché !

Oui, c'est d'abord cela qui gâchait ma joie, de cette photo était absent le photographe ! En montant dans la voiture qui m'attendait, je le cherchais encore des yeux.

« Où est grand-père, je ne le vois pas ? »

« Noubar est parti. »

Sombre expression lorsqu'elle concerne un homme de soixante-dix ans. Je n'osais plus rien dire, de peur d'entendre les mots que je redoutais.

Retarder de quelques secondes la vérité, les larmes...

Alors mon père a ajouté : « Il est parti en Amérique, avec ta grand-mère et ton oncle Aram. »

J'étais soulagé, presque joyeux, comme si mon grand-père m'avait été rendu ; ne rêve-t-on pas,

après la mort d'un être cher, de découvrir soudain que tout ce que l'on a pu voir et entendre
n'était que cauchemar? J'avais eu, l'espace d'une
seconde, cette impression de miracle.

Je n'en étais pas moins intrigué. Je croyais que
Noubar avait renoncé depuis longtemps à ses
projets d'émigration.

Mais soudain, une autre inquiétude.

«Et Iffett, où est-elle, je ne l'ai pas vue non plus?»

«Ta sœur est en Égypte. Elle s'est mariée au
début de la guerre, nous n'avons pas pu t'avertir.»

«Qui est son mari?»

«Tu ne le connais pas. Mahmoud. Fils d'une
ancienne famille de Haïfa, les Carmali. Il travaillait
ici dans une banque anglaise, mais on vient de le
muter au Caire. Son père était déjà à la banque
ottomane, à Istanbul. Un brave garçon, notre
gendre, intègre et affable, mais un peu... comme
ceci.»

En prononçant ces derniers mots, mon père
avait fait un geste que je l'avais déjà vu faire de
temps à autre, tourner les paumes et le visage vers
le ciel, puis les retourner vers le sol, puis à nouveau vers le ciel, deux, trois fois de suite, à toute
vitesse, comme pour mimer une prosternation.
C'était sa façon de dire quelque chose comme
«bondieusard», ou «grenouille de bénitier»... Il
ne fallait pas toujours le prendre au pied de la
lettre, toute personne qu'il avait vue murmurer en
égrenant un chapelet de prière avait droit à cette
bouffonnerie de mécréant.

«Ma sœur n'est pas malheureuse, au moins?»

«Non, c'est elle qui l'a choisi, et je crois qu'ils
s'entendent bien. Ne crains rien pour Iffett, elle
sait se faire respecter. Ce n'est pas elle qui me
donne des soucis...»

« Je parle de soucis ? Ce que j'ai enduré ces dernières années, c'était bien plus que des soucis. Je ne voudrais pas te gâcher le plaisir du retour, mais il faut que tu le saches : un grand malheur s'est abattu sur nous. En cette journée je viens d'avoir mon premier instant de bonheur depuis quatre ans. Tu verras, notre maison sera désormais grouillante de monde. »

Comme je l'ai toujours connue, j'ai persiflé en moi-même, avec une sorte d'irritation amusée. Ce grouillement, ce va-et-vient ininterrompu, je n'en gardais pas le meilleur souvenir.

Pour mon père, il en allait tout autrement, car il eut soudain les yeux gorgés de larmes ; ses mains, de rage, se serraient l'une l'autre.

« Depuis quatre ans, plus personne ne franchit notre seuil. Comme durant mon enfance, à Adana. Des pestiférés ! »

J'ai posé ma main sur les siennes, mes yeux déjà embués ; j'étais affligé avant même de savoir quelle détresse nous frappait.

«Ton frère... Salem... Maudit soit le jour où il est né!»

«Ne dis pas cela!»

«Pourquoi ne devrais-je pas dire cela? Parce qu'il est de ma chair et de mon sang? Et si j'avais en moi une tumeur qui me ronge, est-ce que je devrais l'aimer parce qu'elle est de ma chair et de mon sang?»

J'ai renoncé à l'interrompre. Mes protestations étaient d'ailleurs de pure forme, je n'ai jamais eu moi-même une grande affection pour mon frère.

Avant la guerre, lorsque j'étais parti, Salem n'était qu'un adolescent lymphatique et obèse, réfractaire aux études, un bon à rien avachi et hargneux. Tout le monde était persuadé qu'il ne sortirait jamais rien de lui. Quel avenir pouvait-on prédire? Il commencerait par dilapider sa part de fortune, après quoi, à coup sûr, il se mettrait à vivre aux crochets de son frère, ou de sa sœur...

Nous l'avions tous sous-estimé. Je veux dire sous-estimé sa capacité de nuisance. La guerre, on le sait, réveille en certaines personnes l'intelligence et les énergies. Pour le meilleur quelquefois. Plus souvent pour le pire.

En ces années de conflit sévissaient dans le pays, comme partout à travers le monde, les pénuries et les rationnements. De même que la contrebande, toutes espèces de trafics obscurs. Certaines personnes s'y lançaient pour survivre, d'autres pour s'enrichir. Mon frère s'y était adonné à son tour, mais ce n'était ni pour survivre ni pour s'enrichir.

Il s'absentait souvent. Il pouvait sortir par une porte dérobée à toute heure du jour et de la nuit, sa chambre était en quelque sorte en marge de la maison. Mon père ne s'était aperçu de rien. Si ma sœur vivait encore avec eux, elle aurait certainement remarqué qu'il se passait quelque chose. Peut-être même Salem ne serait-il pas allé aussi loin. Elle partie, plus rien ne l'empêchait de suivre sa pente.

Et un jour, est arrivé ce qui devait arriver : des soldats de l'armée française sont venus prendre position tout autour de notre maison, en demandant aux occupants, à l'aide d'un haut-parleur, de ne pas résister, et de sortir les mains en l'air.

C'était un assaut en règle, comme s'il s'agissait de réduire une position ennemie. Mon père n'avait pas l'ombre d'une explication. Il hurlait par la fenêtre de sa chambre qu'il y avait sûrement méprise. Puis il avait vu avec effarement les militaires sortir de notre grenier des sacs en jute, des caisses, des bidons métalliques, des boîtes en carton. Il y en avait dans le garage désaffecté, dans un placard sous l'escalier intérieur, et même dans la chambre de mon frère, dans son armoire et sous son lit. Cet individu avait fait de notre maison un dépôt pour les contrebandiers, et mon père ne s'était douté de rien. Salem s'était également arrangé pour empiler certaines marchandises dans l'atelier de photo de mon grand-père, qui allait être investi le même jour et de la même manière.

Ce qui rendait la chose bien plus grave encore, c'est qu'il y avait eu la veille un accrochage, au sud de la capitale, près d'une petite crique fréquemment utilisée par les contrebandiers. Un douanier était mort, deux trafiquants avaient été blessés et appréhendés, et c'est en les interrogeant au cours de la nuit que les autorités avaient obtenu le nom de mon frère. Il était – insigne honneur pour la noble maison Ketabdar! – l'un des cerveaux du gang; lors de la fusillade, il se trouvait sur le rivage parmi ceux qui attendaient la marchandise. Ceux-là mêmes qui avaient tiré sur les douaniers, avant de prendre la fuite. Est-ce lui en personne qui avait tiré? Il l'a nié, et personne n'a pu le prouver. Il y avait bien des fusils dans la maison, mais ils étaient encore dans leurs caisses, aucun n'avait servi. L'arme du crime n'a jamais été saisie.

Tout le monde s'était retrouvé en prison. Mon frère, mon père, mon grand-père, mon oncle maternel Aram, professeur de chimie à l'Université américaine, un pur savant constamment dans les nuages de ses formules, et qui comprenait encore moins que mon père ce qui lui arrivait. En prison aussi le jardinier et son fils.

« Ton frère n'a jamais manqué de rien! Pourquoi nous a-t-il fait cela? » répétait mon père.

Comment lui expliquer de quoi mon frère avait manqué? Moi-même, dans mon adolescence, n'avais-je pas parfois l'impression d'être un prisonnier dans cette maison, sans espoir de m'en échapper? N'avais-je pas envie de tout démolir, les meubles, les visiteurs, les murs? Ce qui me retenait? Je me savais aimé. Objet d'une dévotion excessive, certes, et qui m'incitait à partir le plus loin possible, mais pour revenir une fois devenu un homme accompli, sûr de ses aspirations et capable de les faire prévaloir. Si je n'avais pas eu la certitude d'être aimé, l'amertume n'aurait cessé de grandir en moi, et un jour, la guerre aidant, j'aurais franchi le pas. Comme pour un meurtre, ou pour un suicide, – car les agissements de Salem s'apparentaient à l'un comme à l'autre.

Meurtre et suicide à peu près réussis. En ces années de guerre, on ne badinait pas avec la contrebande, surtout quand elle se doublait d'un trafic d'armes et de munitions. Fort heureusement, l'officier français qui avait été chargé du dossier, le colonel d'Héloire, connaissait bien mon père. Il était venu plus d'une fois chez nous avant la guerre, pour des vernissages, ou des débats. Ancien élève de l'École des langues orientales, c'était un homme de culture, et aussi un collectionneur de photographies anciennes. Il n'ignorait pas quels êtres délicieux et inoffensifs étaient mon père et Noubar, et savait même quelle calamité avait toujours été pour eux mon frère, depuis l'enfance. Il s'était donc employé à libérer les deux hommes au plus vite – mais ils avaient déjà passé trente-cinq jours en prison ! Les autres, dont mon oncle Aram, seront relâchés quelques mois plus tard. À l'exception de mon frère, bien entendu ; mais le colonel réussira à lui sauver la tête, en raison de son âge – il n'avait pas encore vingt ans au moment des faits. Il y aura trois exécutions capitales parmi les contrebandiers ; Salem s'en tirera avec quinze ans de prison, que les amnisties successives finiront par réduire des deux tiers.

Pour tous les miens, cette affaire aura été la pire des humiliations. Tous les gens qui fréquentaient notre maison avant ces événements allaient vivre de longs mois dans la peur d'être appréhendés. Après tout, si la maison Ketabdar avait bien été un repaire de trafiquants et un dépôt de marchandises illégales, tous ceux qui la hantaient n'en devenaient-ils pas suspects? Quand mon père était sorti de prison, bien peu de gens, extrêmement peu, avaient osé venir lui souhaiter bon retour. Ces rares personnes «que les doigts d'une seule main suffiraient à recenser», il éprouvait envers elles une gratitude indéfectible. Les autres, tous ces fidèles visiteurs qui étaient jadis comme vissés à sa table, il avait juré de ne plus jamais les revoir.

C'est dans cette atmosphère que mes grands-parents maternels avaient décidé de partir pour l'Amérique. Leur fils, traumatisé par son incarcération sous une accusation aussi dégradante, n'avait plus le front de se présenter devant ses étudiants. Le président de l'Université lui avait fourni une recommandation si élogieuse qu'il avait pu obtenir, en quelques jours, une autorisation d'émigrer avec toute sa famille. Ses qualités de chimiste hors pair avaient sûrement pesé d'un grand poids en ces temps de guerre; dès son arrivée aux États-Unis, il avait été recruté par une fabrique d'explosifs dans le Delaware.

Mon père était désormais seul. Sans ma sœur, sans Noubar, sans moi, sans sa cour habituelle autour de lui. Seul avec sa vieille mère folle, dont il s'occupait encore lui-même de temps à autre, bien qu'elle ait eu en permanence une infirmière qui lui servait de dame de compagnie.

Je ne crois pas qu'il aurait su vivre avec cette indignité si, quelques mois après sa sortie de prison, il n'avait reçu la visite du colonel d'Héloire, venu lui apporter la nouvelle la plus réconfortante qui soit : son fils aîné, Ossyane, était devenu un petit héros de la Résistance.

Comment l'officier l'avait-il appris ? Un concours de circonstances. D'Héloire appartenait aux forces de la France libre, qui avaient conquis le Levant en quarante et un sur les pétainistes avec l'aide des Anglais. Peu après en avoir terminé avec l'affaire des contrebandiers, il avait effectué une mission clandestine en Provence, au cours de laquelle il avait rencontré Bertrand ; ils avaient évoqué le Vieux Pays, son passé, la famille ottomane, et mon nom était venu dans la conversation…

Mais j'en reviens à mon père. Pour lui, mon engagement dans la Résistance prenait dans ce contexte une signification que, ce jour-là, à mon arrivée au port, je n'aurais pu soupçonner. J'avais toujours pensé qu'il serait heureux de mon attitude, en raison de ses convictions, et aussi à cause de ce rêve aberrant qu'il nourrissait depuis toujours de faire de moi « un dirigeant révolutionnaire ». Ce rêve n'était pas mort, il le portait encore en lui, mais enfoui sous des préoccupations autrement plus pressantes : ce qu'il voyait en moi, à présent, c'était d'abord l'artisan de notre réhabilitation. Mon frère n'avait-il pas sali notre nom, notre maison ? Mon engagement nous lavait de cette salissure. L'opprobre n'avait-il pas détourné les gens de notre porte ? Mon retour, avec cette auréole, allait les ramener vers nous. Il était prêt à les accueillir, désormais sans rancune, avec seulement un désir de revanche sur le sort.

Le lendemain de mon arrivée fut l'occasion d'une grande fête. Notre maison grouillait de visiteurs, les uns invités, d'autres venus d'eux-mêmes. Répandus dans le grand salon, le vestibule, les escaliers intérieurs. Certains se promenaient dans le jardin pour de longs apartés rieurs.

Mon père se pavanait. Et moi-même, dans ces circonstances, je ne pouvais plus nier avec autant de vigueur avoir été le héros qu'on croyait. Il ne s'agissait plus ce jour-là de privilégier la décence ou la modestie, ni d'évaluer au plus juste mes mérites, il s'agissait de redonner à mon père et à notre maison leur honneur piétiné. Bien sûr, je ne disais rien d'erroné, ni même d'enjolivé, la vantardise n'a jamais fait partie de mes nombreux travers. Non, je ne mentais pas ; mais je ne démentais rien non plus. Je laissais dire, je laissais croire. J'étais heureux d'entendre le rire retrouvé de mon père.

Dix jours plus tard il a perdu sa mère. L'infortunée Iffett avait quatre-vingt-sept ans et, depuis quelques mois, elle ne quittait plus son lit.

« Si elle était morte l'an dernier, je l'aurais enterrée seul » – telle fut la première réflexion de mon père. D'abord, oui, une sorte de soulagement, mais qui n'allait nullement à l'encontre de la piété filiale. Puis il avait pleuré.

Il avait avec cette mère qu'il a toujours connue démente des rapports de connivence que lui seul connaissait. J'ai parfois été témoin de scènes déconcertantes à propos desquelles je n'ai jamais osé l'interroger. Ainsi, au moment de décider s'il devait ou non me permettre d'aller poursuivre mes études en France, il l'avait consultée. Ce n'était pas la première fois ; si je m'en souviens plus clairement, c'est parce qu'il avait tenu à le faire en ma présence.

Il lui avait chuchoté quelques mots à l'oreille.

Ma grand-mère avait eu l'air d'écouter, intensé-
ment. Puis elle avait ouvert la bouche. Comme
pour parler. Mais sa bouche était restée ouverte
ainsi, un long moment, ronde et noire d'ombre,
sans aucune parole. Mon père attendait. Sans
impatience. Elle avait émis alors quelques sons
confus qui, pour moi, s'apparentaient à des bor-
borygmes, ou à des halètements. Mon père l'avait
écoutée. En hochant gravement la tête. Puis il
était venu me dire que ma grand-mère n'y voyait
pas d'inconvénient. Était-ce une farce? Cela y
ressemblait, mais ce ne l'était pas, je peux l'affir-
mer; mon père n'aurait jamais voulu tourner la
vieille Iffett en ridicule. Non, il la consultait ainsi,
c'était pour lui la seule passerelle vers sa mère, et
il faut admettre qu'ils avaient un langage et qu'ils
se comprenaient.

Il n'a pas été le seul à la pleurer. Moi-même,
tout à coup, elle me manquait. Cette noble dame,
folle depuis soixante-dix ans, était dans la maison
une présence bénie. Pure, fantomatique, chan-
tonnante, enfantine. Grâce à elle nous avions, à
l'égard de la vie, du temps, de la sagesse, de la
raison, une philosophie spontanée du doute et de
l'ironie.

Elle avait vécu cachée; mon père ne voulait pas
l'enterrer dans la honte. Il tenait à ce que ses
funérailles rassemblent les plus hauts dignitaires
du pays, toutes communautés confondues. Mes
prétendus exploits, mon retour triomphal, rendaient la chose à nouveau possible. C'est pour
cela que je parlais tout à l'heure de son «soulagement». On n'allait d'ailleurs pas omettre de souli-
gner, dans les hommages funèbres, qu'elle était
née fille d'un souverain et qu'elle était morte
grand-mère d'un héros.

Mon père demeurait partagé, me semblait-il, entre la tristesse d'avoir perdu sa mère et la satisfaction de voir qu'il lui avait offert, in extremis, des funérailles dignes de son rang. Je l'observais. Tantôt il se recueillait, arrondissant les épaules, se retenant avec peine de sangloter ; tantôt il promenait son regard sur la foule, les personnalités, se redressant alors en la posture du vénérable éploré. En temps normal, il n'aurait pas réagi ainsi. C'est dire sa blessure...

Au lendemain de l'inhumation, j'étais assis à sa droite dans le grand salon pour recevoir les condoléances lorsqu'on est venu me dire à l'oreille qu'une « étrangère » demandait à me voir, et qu'en raison des circonstances, elle n'osait pas entrer.

L'étrangère, c'était Clara !

J'aurais voulu la prendre dans mes bras et la serrer fort. Mais rien ne m'y autorisait. Ni nos relations passées, cette unique nuit où nous avions parlé, assis dans nos fauteuils respectifs, avant de repartir chacun sur sa route; ni les circonstances présentes, le deuil, la maison pleine de visiteurs en noir. Nous ne pouvions même pas exprimer trop fort la joie des retrouvailles. Elle a commencé par s'excuser de «débarquer» ainsi au milieu d'une journée triste. Je lui ai proposé de faire quelques pas dans le jardin.

Elle était seulement de passage. Son bateau avait jeté l'ancre la veille dans le port de Beyrouth, elle repartait le soir même par la route vers Haïfa. Elle n'était pas sûre de vouloir rester en Palestine, elle était venue accompagner un vieil oncle.

Comme si nous avions peur de parler de nous, c'est autour de cet oncle qu'avait tourné la conversation. «Mes parents me disaient qu'à vingt ans déjà il avait des manies de vieux célibataire. Unique garçon né sur le tard après six filles, il avait hérité d'une fortune qui le dispensait pour toujours de travailler.»

«Comme mon père», j'ai murmuré, en louchant vers la maison.

«Sauf que mon oncle Stefan n'a jamais voulu s'encombrer d'une famille. Dans sa maison de

Graz, sa vie était réglée par un majordome stylé qui savait à quelle heure lui apporter son café, et comment doser son whisky du soir. Mon père, qui a trimé toute sa vie, ne parlait de l'oncle qu'avec une moue d'étrangleur, et ma mère elle-même ne cherchait pas à défendre son frère, un si mauvais exemple pour les enfants. Tous les Juifs de Graz avaient d'ailleurs une piètre idée de Stefan Temerles, qui le leur rendait bien, il n'avait aucun ami juif, et s'en vantait.

« En apprenant qu'il avait été déporté, je m'étais demandé comment il allait pouvoir survivre dans un camp. Il aurait dû être, en toute logique, le premier à succomber. Eh bien, ils sont tous morts, tous les miens… sauf lui, sauf l'oncle Stefan.

« J'ignore comment il a survécu. Lui n'en parle jamais. Et moi, je n'ai aucune envie de réveiller en lui le cauchemar. Je ne lui parle que des années heureuses, et jamais au passé. En sa présence, j'ai le sentiment de feuilleter sans arrêt un imaginaire album de famille. Et lui "regarde" sans jamais dire un mot, ni laisser poindre une émotion. Ni joie ni surprise ni soupir de nostalgie, rien. Je me dis parfois qu'il a peut-être survécu seulement par apathie. Oui, par apathie. Les autres avaient des désirs, des envies, des ambitions, des espoirs qui, retournés contre eux, les déchiquetaient. Lui n'avait rien de tout cela. Il n'attendait rien, rien d'autre que ce qu'on lui apportait. Par chance, personne ne lui a apporté la mort. Il est aujourd'hui tout ce qui me reste comme famille. Je ne sais pas s'il est pour moi un jeune ancêtre ou un vieux fils. Un peu de chaque.

« Quand je l'ai retrouvé, me dit-elle, par le biais d'une association qui s'occupe des déportés, je lui ai demandé ce qu'il comptait faire à présent. Il n'était plus question pour lui de revenir à Graz. Il voulait partir en Palestine. Je l'y emmène.

« Je l'ai laissé tout à l'heure à la terrasse de l'hôtel, derrière un whisky double. Il s'est pris d'amitié pour le barman. Je les ai surpris ce matin dans une longue conversation, alors qu'à moi il ne trouve jamais grand-chose à dire. Ils doivent parler des chapeaux des femmes d'avant-guerre, et du whisky qui était mieux distillé. »

Clara n'avait eu aucun mal à se faire conduire jusqu'à ma maison. « J'ai l'impression que tout le monde te connaît dans cette ville. »

Je lui avais un peu raconté mon retour, l'accueil, la petite légende. Elle s'en était montrée bien plus enthousiasmée que moi. « Une belle aventure ! » J'avais haussé les épaules. Puis nous avions évoqué ensemble nos souvenirs d'« anciens combattants ».

Notre déambulation s'était poursuivie pendant une heure et plus. J'aurais pu marcher ainsi des jours et des nuits sans le moindre début de lassitude. Chaque mot que nous disions, sur nous, sur les autres, sur les pages d'Histoire qui venaient de se tourner, sur celles qui pourraient s'ouvrir, sur la marche du monde, – chaque mot nous rapprochait. Comme à Lyon quatre ans plus tôt, cette impression d'être, à distance, blottis l'un contre l'autre ! Pourtant, même nos mains ballantes se frôlaient à peine.

En cet instant-là, je ne me disais pas « je l'aime ». Ni à moi, ni – à plus forte raison – à elle. Ce que je vais dire peut paraître risible venant d'un vieux monsieur : j'avais tous les symptômes de l'amour éperdu, mais dans ma tête, le mot ne venait pas. Il me semble qu'on a besoin, en ces moments-là, d'une sorte de confident qui, même en vous moquant, même, à l'extrême rigueur, par malveillance, prononce le mot «amoureux», pour que l'on puisse se poser soi-même la question; parce qu'alors, la réponse ne fait aucun doute.

Mais elle a regardé sa montre, et c'était comme si elle m'arrachait mes artères. J'avais physiquement mal du côté du cœur. J'ai dit: «Pas encore!», d'un ton suppliant. Et elle s'est remise à marcher, à parler.

Quelques minutes plus tard, elle a regardé l'heure à nouveau, et s'est immobilisée.

«Je ne peux pas abandonner mon oncle trop longtemps. Et toi, les gens t'attendent...»

Nous étions devant l'entrée principale de la maison, des visiteurs arrivaient encore. Sous les regards, nous ne pouvions même pas échanger un baiser, nous n'étions pas en France... Je lui ai seulement serré la main. Puis je l'ai regardée s'éloigner.

Je suis revenu au salon, m'asseoir à côté de mon père. Les gens qui étaient arrivés en mon absence, et qui avaient pris place tout autour de la pièce, s'approchaient de moi, les uns après les autres, pour m'embrasser, échanger quelques propos de circonstance. J'essayais d'être aimable avec chacun, tout en ayant la tête ailleurs. Je pensais encore à elle, bien entendu, mais je ne me contentais pas de revivre les instants délicieux ou de me lamenter de son départ. Une colère montait en moi. Je me disais: la première fois, nous étions partis, chacun de son côté, en comptant sur le hasard pour nous réunir à nouveau. C'était la guerre, la clandestinité, nous ne pouvions faire autrement. Aujourd'hui, nous nous sommes retrouvés, comme par miracle, et voilà que nous nous séparons en nous en remettant une fois de plus au hasard.

Et si le hasard nous lâchait ? Et si je ne devais plus jamais la revoir ? N'avais-je pas agi comme un écervelé en la laissant repartir ainsi ? Une poignée de main, et ma vie, mon bonheur, s'étaient éloignés, peut-être pour toujours. Et moi de regarder, placide !

Je ne pouvais même pas lui écrire, elle ne savait pas encore où elle résiderait en Palestine, ni pour combien de temps. Peut-être y avait-il un moyen de lui faire parvenir un courrier, mais nous n'avions même pas pris la peine de l'envisager. Tant que nous étions ensemble, nous avions parlé de choses et d'autres – de son oncle, surtout – comme si nous allions déambuler ainsi côte à côte jusqu'à la fin des temps. Puis nous nous étions séparés en quelques brèves secondes, pour ne pas rendre les adieux plus pénibles.

Plus j'y pensais, plus j'enrageais. En m'efforçant encore de n'en rien laisser paraître...

Et soudain, au milieu d'une phrase, je me suis levé. J'ai bafouillé quelques mots d'excuse à l'adresse de mon interlocuteur du moment, puis de mon père. Je suis sorti, en courant presque. J'ai sauté dans une voiture. « À l'hôtel de Palmyre, près du port ! »

Sur le trajet, tout en répondant machinalement à la conversation du chauffeur, j'essayais de préparer dans ma tête ce que j'allais dire à Clara pour justifier cette visite impromptue. Et à l'hôtel, tandis que j'attendais au bas de l'escalier que le chasseur aille frapper à sa porte pour lui demander de venir, je préparais encore ma phrase, je voulais paraître le moins niais possible.

Quand elle est descendue, quelque peu inquiète, je n'ai rien trouvé de mieux à lui dire que : « J'ai oublié de te faire promettre de m'écrire ! » C'était parfaitement niais, je dois avouer. Mais tant mieux, plus on se montre niais, dans ces circonstances, plus on est émouvant.

Clara m'avait écouté en fronçant les sourcils et en hochant la tête, comme si je lui apprenais une chose fort grave. Puis elle a regardé à gauche, à droite. Personne ne nous voyait. Alors elle a déposé un baiser sur mes lèvres, furtif comme un becquettement d'oiseau.

Quand je me suis remis de ma surprise, elle remontait déjà l'escalier en courant. Je suis reparti. Dieu que le ciel était bleu ce jour-là !

Elle m'avait écrit deux mois plus tard. Une lettre de sept ou huit pages, mais j'en avais été quelque peu déçu. Non, pas vraiment déçu, disons que j'étais resté sur ma faim. Je sais pourquoi. Elle faisait comme si ce baiser n'avait jamais eu lieu. Pire encore : alors que, durant notre promenade dans le jardin, nous avions commencé spontanément à nous tutoyer, dans cette lettre elle m'écrivait « Sie sind » au lieu de « du bist ». Un pas en arrière...

Oui, elle m'écrivait en allemand. C'est en français que nous avions pris l'habitude de parler, depuis notre rencontre à Lyon ; elle s'y exprimait correctement, avec cependant quelques fautes de temps à autre. Mais pour écrire, elle était plus à l'aise avec Goethe qu'avec Chateaubriand...

Elle me disait donc « vous », comme si elle regrettait ce baiser... Et dans sa lettre, rien de très personnel, rien sur nous deux en tout cas. Elle me parlait encore de son oncle, de la difficulté d'obtenir un logement qui lui convienne ; espérait-il retrouver l'équivalent de sa maison de Graz ? on ne lui proposait qu'un appartement au rez-de-chaussée d'un immeuble construit à la hâte, deux chambres, séjour-cuisine, salle de bains à partager avec deux autres familles. Et dans un quartier de Haïfa où la tension montait entre Arabes et Juifs, pas un jour sans accrochages ou attentats.

Clara ne s'attendait pas à autant de violence, dans sa lettre elle me parlait à deux ou trois reprises d'un «malentendu tragique» qu'il s'agissait de dissiper.

Elle ne supportait pas l'idée qu'au lendemain même de la défaite du nazisme, deux peuples détestés par Hitler se dressent l'un contre l'autre, en arrivent à s'entre-tuer, chacun étant persuadé d'être parfaitement dans son droit et unique victime d'une injustice. Les Juifs parce qu'ils venaient de subir ce qu'un peuple peut connaître de pire, une tentative d'anéantissement, et qu'ils étaient déterminés à tout mettre en œuvre pour qu'une telle chose ne se reproduise plus jamais; les Arabes parce que la réparation du mal, en quelque sorte, se faisait à leurs dépens, alors qu'ils n'étaient pour rien dans le crime perpétré en Europe.

Clara, dans sa lettre, évaluait les choses calmement, et même sans aucun parti pris, alors que les ressentiments étaient déjà au plus haut tant chez les Juifs que chez les Arabes. Et elle ne se contentait pas d'analyser, d'ailleurs. Elle agissait. Elle résistait, comme pendant la guerre. Mais cette fois, elle résistait à la guerre.

En fait, lorsque j'ai parlé d'une certaine déception à propos de cette première lettre, j'ai surtout voulu dire que je m'attendais à une lettre d'amour, ou tout au moins à une lettre qui prenne acte de notre relation naissante; au lieu de quoi j'avais eu dans les mains la lettre d'une «compagne d'armes».

Clara semblait profondément secouée par le conflit qui se déroulait autour d'elle, et se disait déterminée à se battre, de toutes ses forces, pour «le surmonter». Elle m'annonçait ainsi, avec quelque solennité, qu'elle avait rejoint un groupe de militants qui s'intitulait le PAJUW Committee, initiales de Palestine Arab and Jewish United Workers. Elle me parlait longuement de leurs objectifs ; ils étaient assurément bourrés de bonnes intentions. Et malgré leur tout petit nombre – ce ne fut jamais qu'un vaillant groupuscule – ils espéraient détourner le cours de l'Histoire.

Si je regardais cela avec scepticisme moi-même ? Pas autant que mes propos d'aujourd'hui le laissent entendre. Après trente années de conflits, l'idée même que le brave comité Pajuw ait pu exister un jour nous fait sourire. Sourire moqueur chez certains ; chez moi, sourire plutôt attendri. À l'époque, je ne réagissais pas de la même manière. Si je me remets dans mon état d'esprit de l'époque, ce qui n'est jamais un exercice facile, je crois bien que j'avais applaudi au projet de Clara et de ses camarades. Parce qu'il correspondait à mes idéaux. Pas seulement parce qu'il venait d'elle.

Comme son nom le révèle, ce Comité était nettement à gauche. Que voulez-vous, à l'époque, ceux qui désiraient s'opposer à la haine raciale ou religieuse ne savaient pas dire autre chose que : « Travailleurs, unissez-vous ! » Cela ne nous a pas menés loin, mais cela semblait être la seule manière de dire : « Ne vous entre-tuez pas ! »

Mais revenons plutôt à Clara et sa lettre. J'y avais répondu très rapidement. Le jour même ou le lendemain. En français. Je lui disais « tu », d'emblée, espérant qu'elle en prendrait acte et ferait désormais pareil. Mais pas d'autres signes d'intimité. Je suivais plutôt son exemple en lui racontant à mon tour ce que je faisais depuis quelques semaines. C'est-à-dire, pour l'essentiel, des conférences au cours desquelles je racontais « ma guerre ».

Je n'en ai pas encore parlé, mais ces conférences étaient alors ma principale activité, sinon la seule, et elles avaient contribué à me faire connaître de par tout le pays.

Cela avait commencé par accident, en quelque sorte, et à cause d'un contretemps. Il y avait, non loin de notre maison, une association sportive et culturelle dont les animateurs, qui connaissaient bien mon père, avaient décidé de donner une fête en l'honneur du « valeureux résistant » que j'étais. Ils avaient loué une salle et engagé des frais. Une semaine avant la date convenue, ma grand-mère était morte. Plus question de fête, bien entendu. Ni musique dansante ni cotillons. Mais au lieu de tout annuler, on m'avait proposé de venir simplement parler de « ma guerre » à bâtons rompus, raconter quelques anecdotes, répondre à quelques questions. Cela, rien ne m'interdisait de le faire en période de deuil.

Sur la piste prévue à l'origine pour la danse, on avait installé des rangées de chaises. Et pour moi une petite table avec un verre d'eau.

Je n'avais rien préparé. J'avais commencé par évoquer quelques souvenirs, tout ce qui me revenait à l'esprit, avec les mots simples et le ton de la confidence. Les gens, habitués aux discours qui ressemblent à des discours, étaient muets. Je sentais à leur silence, à leur respiration, à leurs soupirs, quelquefois à des syllabes d'approbation ou d'étonnement qui fusaient, que quelque chose se passait entre cette foule et moi. J'ai reçu ce soir-là trois autres invitations à parler, puis, dans les semaines suivantes, vingt, trente, soixante, dans tous les quartiers de la capitale, dans les autres villes du Littoral, dans certains villages de la Montagne. Partout les gens m'écoutaient, pendant deux, trois heures, sans que leur attention se relâche. Et moi-même je trouvais là une jouissance jusque-là inconnue. Eux séduits, et moi émerveillé d'avoir su les séduire. Je n'étais jamais avare de mon temps.

Quant à mon père, avec les rêves qu'il nourrissait pour moi, inutile de dire avec quels yeux il me contemplait tout au long de ces rencontres. Ce qu'il y avait de nouveau, c'est que moi-même je commençais un peu à croire en ce destin de «dirigeant», de meneur d'hommes. Venant dans la foulée de mon aventure dans la Résistance, cette expérience nouvelle me poussait à considérer, pour la première fois, et toujours un peu à mon corps défendant, qu'il y avait peut-être, après tout, quelque chose de vrai dans ce pressentiment de mon père à mon endroit, comme dans celui de Noubar. Peut-être, après tout, avais-je bien un avenir en forme de destin. Peut-être, je dis bien, car si cette idée me gagnait, ce n'était pas sans résistance de ma part, je le répète.

Je vous ai dit hier – ou était-ce avant-hier? – qu'après la guerre je n'avais plus la tête à étudier. C'était peut-être à cause de cette euphorie. Oui, les choses ont sans doute commencé ainsi. J'avais le sentiment qu'aucune route ne pourrait plus jamais se boucher devant moi. Je n'avais qu'à marcher, comme si les obstacles n'existaient pas. C'est ainsi que se prépare la chute.

Mais là, j'anticipe un peu. La chute, je n'y étais pas, j'avais encore toutes mes ailes, je n'avais pas épuisé mes joies.

Un jour, lors d'une de mes conférences, qui se tenait dans un cinéma de quartier, j'ai cru apercevoir, assise tout au fond de la salle, une personne qui avait le regard de Clara. Elle ne m'avait pas annoncé qu'elle venait.

Je ne tenais plus en place. Pour l'amoureux que j'étais, le bonheur! Pour le conférencier, un désastre. Parler comme je le faisais exigeait de se plonger en soi-même, d'atteindre au plus haut degré de concentration et de don éperdu de soi, comme un acteur sur les planches. Ce jour-là, dès l'instant où je l'avais reconnue, mon esprit s'était mis à flotter. Trop d'interrogations, d'images, trop d'impatience… J'avais donc abrégé, j'avais couru vers la conclusion. Puis j'avais demandé à l'assistance de m'excuser si je ne pouvais répondre aux questions. «Circonstances familiales», avait expliqué le modérateur, en me faisant promettre que je reviendrais.

Une demi-heure plus tard, nous étions assis chez moi, au salon. J'avais d'abord présenté Clara à mon père, qui avait échangé quelques propos avec elle, puis s'était élégamment retiré.

Elle venait avec un projet. Pour le journal de son comité, dont le premier numéro allait paraître, elle pensait publier des récits de résistants, arabes et juifs, qui s'étaient battus contre les nazis dans divers pays occupés. On voit bien le propos: convaincre les uns et les autres qu'ils devraient se retrouver du même côté, se battre ensemble pour leur avenir commun… Dans cette optique, mon témoignage pouvait avoir un intérêt.

Au salon, Clara s'était mise sur le fauteuil le plus raide. Je lui en avais proposé un autre, mais elle trouvait que c'était mieux pour écrire. Puis elle avait sorti un calepin qu'elle avait calé sur ses genoux. Elle portait une longue jupe plissée, aux motifs écossais verts et noirs, et un chemisier blanc. Elle avait quelque chose d'une écolière. Elle voulait que je raconte mon expérience de la guerre, de bout en bout depuis mon arrivée en France, et jusqu'à mon retour au pays... Pour moi, qui ne faisais que raconter cette même histoire depuis des semaines à des assistances de plus en plus nombreuses, ç'aurait dû être la chose la plus simple. Pourtant, je demeurais silencieux, cherchant en vain par où commencer.

Comme le silence se prolongeait, elle avait voulu me rendre les choses plus faciles. « Imagine que tu es devant une salle pleine, face à une assistance qui ne sait rien de ta vie, et commence. »

« D'accord, je vais commencer. Ce n'est pas simple, comme cela, à deux, dans un salon, alors que tu sais toi-même tant de choses sur cette époque. Mais je vais essayer. Laisse-moi me concentrer un moment. »

De nouveau, un long silence.

« Clara, je voudrais que tu me fasses une promesse. Quoi que je puisse raconter, tu ne m'interromps pas, sous aucun prétexte, avant que je t'aie dit : j'ai terminé ; et surtout, tu ne me regardes pas, tu regardes seulement ton calepin. »

« Promis ! »

Elle souriait de mes gamineries. Perplexe. Attendrie, peut-être. Il y avait eu un nouveau silence. Puis j'avais dit ces mots, que je n'ai pas encore oubliés :

« J'ai beaucoup réfléchi depuis notre dernière rencontre, et je sais maintenant sans l'ombre d'un doute que je suis amoureux de toi. Tu es la femme de ma vie, il n'y en aura jamais aucune autre. Je t'aime de tout mon être quand tu es là, et je t'aime quand tu n'es pas là. Si tu ne ressens pas la même chose, je n'insiste pas, c'est un sentiment tellement puissant et tellement spontané, il doit s'emparer de toi totalement, ce n'est pas une inclination qu'on peut acquérir avec le temps. Alors, si tu ne le ressens pas, dans une minute nous parlerons d'autre chose, et je ne t'ennuierai plus jamais. Mais si, par chance, tu ressentais ce que je ressens, alors je suis l'être le plus heureux au monde, et je te demande : Clara, veux-tu devenir ma femme ? Je t'aimerai jusqu'à mon dernier souffle… »

J'avais tout débité d'un trait, de peur qu'elle ne m'interrompe, de peur que je ne trébuche sur les mots. Je ne l'avais pas regardée une seule fois. Et quand je m'étais tu, je ne l'avais pas regardée non plus. J'avais peur de voir dans ses yeux ce qui pourrait ressembler à de l'indifférence, ou à de la compassion. Ou même à de la surprise, car si je savais pertinemment que je la surprenais par cette déclaration, toute manifestation de surprise m'aurait donné à penser que nous n'étions pas dans les mêmes dispositions – et tout ce qu'elle aurait pu dire, après cela, n'aurait été que politesse et consolation.

Je ne regardais donc pas, et si j'avais pu détourner les oreilles comme je détournais les yeux, je l'aurais fait. Car autant que dans son regard, je redoutais d'entendre dans ses mots, dans l'intonation de sa voix, l'indifférence, la compassion… J'écoutais seulement sa respiration, chaude comme un soupir.

« Oui. »

Elle avait dit « oui ».

C'était la réponse la plus belle, la plus simple, et pourtant c'était celle que j'attendais le moins.

Elle aurait pu se lancer dans des formules contorsionnées pour expliquer que, dans ces circonstances, il ne lui semblait pas possible que... Je l'aurais interrompue brutalement, pour lui dire : «N'en parlons plus!» Elle m'aurait fait promettre que nous resterions tout de même bons amis, j'aurais dit : «Bien sûr», mais je n'aurais plus jamais voulu la revoir ni entendre prononcer son nom.

Elle aurait pu, à l'inverse, m'expliquer qu'elle aussi ressentait la même chose, depuis notre première rencontre... J'aurais su quoi dire, quoi faire.

Ce «oui» simple, ce «oui» sec, me laissait sans voix.

J'avais presque envie de lui demander : «Oui, quoi?» Parce qu'elle pouvait simplement avoir voulu dire : «Oui, j'ai entendu»; «Oui, je prends acte»; «Oui, je vais réfléchir».

Je l'avais regardée, inquiet, incrédule.

C'était le vrai «oui», le «oui» le plus pur. Avec des yeux en larmes et un sourire de femme aimée.

Vendredi soir

Je quittai Ossyane à cette minute-là. Sous un prétexte quelconque – un rendez-vous que je n'avais pu annuler… Je sentais que je devais m'éclipser. Le laisser seul avec cette image remontée à la surface de ses yeux. Le laisser prolonger l'instant, réentendre les mots, revoir encore et encore le visage de la femme aimée. La suite viendrait bien assez vite.

Il m'ouvrit la porte avec gratitude et fit même quelques pas avec moi jusqu'à l'ascenseur sur l'étroit tapis jaune et poussière du couloir.

À mon retour, en fin d'après-midi, sa joie n'était pas encore éteinte. Et s'il me demanda : « Où en étais-je, ce matin ? », ce n'était pas parce qu'il avait perdu le fil, mais seulement, je crois, pour m'entendre répliquer :

— Elle venait de dire : « Oui ! »

J'avais alors décapuchonné mon stylo, et ouvert un calepin neuf, comme je l'avais fait au début des trois séances précédentes. J'avais écrit « Vendredi soir » sur la première page, avant de la tourner. Cependant que l'homme semblait encore chercher ses mots.

— Pourrais-je vous demander de ne pas recommencer à écrire tout de suite ?

Je refermai le stylo. J'attendis. J'attendis. Sa voix me parvint alors, comme lointaine.

— *Clara et moi, nous nous sommes embrassés.*

Je parierais qu'il avait rougi en me faisant cette confidence. Moi-même j'avais baissé les yeux. Il lui coûtait de se livrer ainsi. D'ailleurs, après l'effort, il se remit à arpenter la pièce, d'un pas leste, sans plus rien dire. Puis, comme s'il venait d'achever quelque délicieux parcours en lui-même et qu'il redécouvrait soudain ma présence, il me dit, avec un geste de la paume :

— *Voilà !*

Je crus comprendre qu'il en avait fini avec ce chapitre intime. Je lissai donc les pages de mon calepin d'un geste qui m'est habituel, m'apprêtant à reprendre l'écriture sous sa dictée. Mais une hésitation me retenait la main. Une lueur dans ses yeux me donnait à penser qu'il n'était pas encore tout à fait revenu de son pèlerinage mental. Je refermai donc mon stylo et le rangeai ostensiblement dans la poche intérieure de ma veste. Je rabattis également la couverture du calepin et croisai les bras. Mon interlocuteur sourit. Il desserra son col. Mes yeux se fixèrent sur sa pomme d'Adam.

L'évocation de cette page de sa vie l'avait, me semble-t-il, rajeuni, exalté, et quelque peu déluré.

Que pourrais-je rapporter de ses confidences sans le trahir ? Oh, il n'a rien dit qui s'écartât de la plus stricte pudeur levantine. Cependant, je m'en voudrais de mettre dans sa bouche des propos qu'en sa présence j'avais omis de consigner. Je m'en voudrais moins si je n'en brossais le tableau qu'à gros traits.

Il était allé raccompagner Clara à l'hôtel de Palmyre, où elle avait pris une chambre, comme lors de sa visite précédente. Ils étaient passés par l'endroit

146

où elle avait posé un baiser sur ses lèvres étonnées. Il n'y avait, cette fois encore, personne à l'horizon. Alors Ossyane lui avait rendu son baiser. Le même, un becquettement d'oiseau. Puis ils s'étaient tenus par les doigts pour monter les marches, leurs regards ne se quittaient plus.

La chambre, au troisième étage, avait une grande fenêtre qui donnait, à gauche, sur les bâtiments du port, à droite sur la ligne de côte et l'étendue marine. Elle l'avait ouverte. Avec les bruits de la ville s'était engouffré un vent tiède. Leurs mains moites se rassuraient l'une l'autre, et leurs yeux étaient clos de joie et de timidité.

Tandis qu'il parlait, n'ayant pas à écrire, je l'observais. J'avais déjà remarqué qu'il était mince et grand de taille, mais cette fois il me parut comme étiré, oui, tout entier étiré, ses jambes, ses bras, tout son buste, et son cou, surtout, que je trouvais soudain risiblement allongé par rapport à sa petite tête blanche d'enfant; c'est peut-être pour cela qu'il avait cette tendance à le pencher constamment sur le côté. Là, devant moi, comme autrefois sur la photo, dans mon livre d'histoire…

Lui, insensible à mon regard, poursuivait sa route, son amante à son bras.

— Dans la soirée, nous sommes sortis marcher sur la corniche, vers la baie Saint-Georges, et nous avons parlé de mariage.

Oui, le soir même, pourquoi aurions-nous attendu ? Le bonheur passait telle une corde rêche sur nos paumes, nous devions refermer les mains et serrer fort pour le retenir. Nos prochaines rencontres, il n'était plus question de laisser au hasard le soin de les organiser pour nous.

Nous avions l'un et l'autre le désir et la volonté de vivre ensemble chaque instant à venir. Et pour toujours. S'il y avait des obstacles, ils seraient aplanis. Oh, rien d'insurmontable, nous semblait-il. Quelques décisions à prendre, quelques choix à faire. Et d'abord : quel mariage ? À Beyrouth, il n'y avait pas de mariage civil. Or nous ne voulions pas d'un mariage religieux. Nous n'avions pas envie de passer par un mensonge pour nous unir. Ni elle ni moi n'avions une très haute idée des religions ambiantes, pourquoi aurions-nous fait semblant ?

D'ailleurs, quelle religion aurions-nous choisie pour la cérémonie ? La sienne ? La mienne ? Chaque solution posait bien plus de problèmes qu'elle n'en réglait ! Non, j'avais une bien meilleure idée : Jacques-des-faux-papiers.

« Tu voudrais de faux papiers de mariage ? » m'avait demandé Clara, horrifiée. Je l'avais détrompée. Jacques était, dans le civil, maire d'une petite ville de la région parisienne. Il ne me l'avait révélé qu'une fois la guerre terminée. Il s'apprêtait déjà à réendosser son écharpe. Qui mieux que lui pouvait nous marier, lui qui, le premier, sans le vouloir, nous avait amenés à nous rencontrer ? N'est-ce pas lui que nous attendions l'un et l'autre cette nuit-là, à Lyon ? Notre décision fut rapide : nous irions seuls en France, pour le plus simple des mariages, puis nous reviendrions fêter l'événement avec nos proches.

Mon père, lorsque je l'ai mis au courant de nos projets, n'a pas hésité un instant. « Intelligente, belle, affectueuse... et révolutionnaire ! Que demander de plus ? » Il était ravi. Dès le premier instant,

148

il l'avait adoptée ; et elle-même lui vouait déjà un véritable culte, comme si elle avait retrouvé un père, drôle, tonitruant, fragile.

Restait l'oncle Stefan. Clara n'était pas sûre de sa réaction. Elle voulait lui demander son assentiment, par simple égard, mais elle était décidée à ne pas en tenir compte s'il disait non. Nous étions donc convenus de nous séparer, pendant quelques semaines, pour que chacun puisse s'occuper des inévitables préparatifs, informer les siens, rassembler les papiers nécessaires ; puis de nous retrouver à Paris, tel jour, telle heure, à tel endroit...

En l'occurrence le 20 juin, à midi, quai de l'Horloge.

Pourquoi quai de l'Horloge ? Parce que, du temps où j'étais à « l'atelier » de Lyon, un compagnon m'avait raconté une histoire d'avant-guerre où des amants s'étaient retrouvés quai de l'Horloge, justement, « entre les deux tourelles », et il avait ouvert un plan pour me désigner l'endroit, en bord de Seine. Son geste m'était resté en mémoire, peut-être y avais-je vu un signe ; et quand j'avais voulu choisir un lieu pour notre rendez-vous, c'est ce nom qui m'était venu à l'esprit.

À Paris, tout s'est déroulé comme prévu, et un peu mieux encore. Nous sommes arrivés, Clara et moi, près des tourelles au même instant, elle d'un côté du quai et moi de l'autre.

Jacques-des-faux-papiers – je ne peux m'empêcher de l'appeler ainsi, bien qu'il eût réintégré ses vénérables fonctions et son état civil – avait lui-même pris contact avec les témoins pressentis. Pour moi, Bertrand ; pour Clara, Danièle, hôtesse de notre première rencontre, à Lyon.

Il faisait si sombre dans la mairie et il y avait si peu de monde qu'on se serait cru revenu à la vie clandestine. Ce qui n'était pas pour déplaire à mes amis, ils avaient tous un pincement au cœur en repensant à cette période encore proche où chaque geste avait un sens ; marcher dans la rue, par exemple, sans être reconnu, c'était un exploit sans cesse renouvelé ; à présent, marcher dans la rue sans être reconnu, c'était la détresse quotidienne. Comment prendre plaisir aux nourritures fades lorsque, pendant quatre ans, on s'est gavé d'épices ?

Moi, à l'époque, je n'avais pas les mêmes lassitudes. Je n'étais pas une grande figure de la Résistance, tout au plus une minuscule figurine. Je n'avais donc pas connu cette brusque dégringolade du rêve dans la réalité. À peine sorti de la clandestinité, j'étais rentré dans mon pays où personne n'est anonyme.

Et puis surtout, il y avait Clara. S'il avait fallu la guerre pour nous réunir, c'est dans la paix que j'avais envie de vivre avec elle. Je ne payais à la nostalgie qu'un tribut de courtoisie, c'est l'avenir que j'idolâtrais. L'avenir de nos années communes, mais aussi l'avenir immédiat. Ces premiers pas en compagnie de celle qui portait désormais mon nom. Toutes ces choses que nous allions faire ensemble pour la première fois. En nous disant que ce serait chaque fois la première fois. Promesses d'amoureux, mais promesses tenues, je n'ai jamais embrassé Clara, ni même pris sa main dans la mienne, avec un sentiment de déjà vu, de déjà fait, de déjà parcouru. De déjà aimé. L'amour peut demeurer intact, et l'émotion aussi. Mois après mois, année après année. La vie n'est pas si longue qu'on puisse se lasser.

À notre retour de France, mon père a donné la plus belle fête qu'ait jamais connue la maison Ketabdar. Avant de partir, je l'avais supplié de ne pas faire de folies. Il m'avait simplement dit : « Laisse-moi ce plaisir ! » Je le lui avais laissé. Il avait fait toutes les folies que je redoutais. Deux orchestres qui se relayaient, l'un oriental, l'autre à l'occidentale ; plusieurs centaines d'invités ; une pièce montée si gigantesque qu'on avait dû la baisser jusqu'au sol pour lui faire passer la porte pourtant haute de la salle à manger. J'aurais du scrupule à décrire les illuminations, l'orgie de nourritures… Pour une fois mon père, qui toute sa vie a pesté contre les parvenus, s'était comporté comme un parvenu. Mais enfin, il était heureux, Clara était heureuse, que demander de plus ?

Et moi ? Si je n'étais pas heureux ? Sans vouloir paraître grincheux, les flonflons me laissent indifférent. Cela dit, j'étais heureux quand même. Heureux déjà de l'événement qu'on célébrait ainsi, heureux de tenir de temps à autre la main de Clara, d'échanger un regard avec elle, de l'entendre rire derrière moi, et de me dire qu'en fin de soirée, épuisée, elle viendrait poser sa tête au creux de mon épaule. J'étais également heureux de retrouver des personnes que je n'avais pas vues depuis longtemps, à commencer par ma sœur, venue d'Égypte pour cette fête, avec son mari que je n'avais encore jamais rencontré…

Il y avait aussi, bien entendu, l'oncle Stefan. Mon père lui avait écrit, puis il avait envoyé une voiture pour le faire venir. De Haïfa à Beyrouth il n'y a guère plus de cent cinquante kilomètres, il fallait compter à l'époque quatre heures de route, avec les arrêts. Il était arrivé assez tôt, vers midi. Nous avions eu le temps de faire connaissance avant que la foule n'envahisse la maison.

Est-ce que j'appréhendais cette rencontre? Pas vraiment. C'est surtout Clara qui était sur les nerfs. Elle avait gardé envers son oncle les méfiances que lui avaient transmises ses parents. Que lui reprochait-on? D'être un vieux garçon riche, maniaque et désœuvré? Moi j'étais sûr qu'il s'entendrait avec mon père. Ils étaient l'un et l'autre des hommes du dix-neuvième mal entrés dans ce siècle, ils ne pouvaient que se découvrir des nostalgies communes.

Si j'ai eu une petite frayeur, c'est lorsque ma sœur, qui s'était absentée une bonne partie de la journée, a fait son entrée dans le salon au bras de son mari. Qu'on imagine la scène: d'un côté Mahmoud, fils d'une grande famille musulmane de Haïfa, qui avait dû quitter sa ville à cause de la tension qui y régnait entre Arabes et Juifs, et qui pressentait déjà qu'il ne pourrait probablement plus y retourner; de l'autre côté Stefan, Juif d'Europe centrale, venu précisément s'installer dans cette même ville; tous deux proches parents des nouveaux mariés…

J'avais décidé de me borner aux présentations les plus sommaires. Mahmoud Carmali, mon beau-frère. Stefan Temerles, l'oncle de Clara. Ils se sont serré la main.

Alors mon père a dit à voix haute, en français :
« Vous avez quelque chose en commun. Mahmoud est de Haïfa. Et l'oncle de notre belle-fille habite justement à Haïfa. »

Un regard échangé entre Clara et moi. Nous nous tenions par la main, comme pour mieux affronter la bourrasque.

« Asseyez-vous tout près, a poursuivi mon père, vous avez certainement des choses à vous dire. »

Il insistait, n'est-ce pas ? Mais ne pensez surtout pas que c'était par inadvertance ou par manque de tact. Plutôt par défi, en un sens, par esprit de bravade. Il y avait chez lui un profond mépris pour cette attitude, très répandue au Levant, qui prétend « ménager » les susceptibilités et les appartenances ; cette attitude qui consiste par exemple à chuchoter à ses invités : « Attention, Untel est juif ! », « Untel est chrétien ! », « Untel est musulman ! » Alors les uns et les autres s'efforcent de censurer leurs propos habituels, ceux que l'on prononce lorsqu'on est « entre nous », pour débiter les banalités mielleuses qui sont censées refléter le respect qu'on a pour l'autre, et qui ne reflètent en réalité que le mépris et l'éloignement. Comme si l'on appartenait à des espèces différentes.

Et si ces deux hommes qu'il avait placés l'un près de l'autre s'étripaient ? Tant pis, c'est qu'ils méritaient de s'étriper, un point c'est tout. Lui, son devoir, c'était de les traiter en humains, embarqués en fin de compte dans la même vaste aventure. S'ils ne s'en montraient pas dignes, tant pis pour eux. Et si à cause de cela, la fête en était perturbée ? Tant pis encore, c'est que nous ne méritions pas une telle fête !

Notre première réaction, à Clara et à moi, avait été de craindre l'esclandre. Ce n'était pas très courageux, mais il faudrait se mettre un peu à notre place. Nous n'avions pas envie que des rancœurs se développent entre nos deux familles. Notre union n'était déjà pas, en soi, par les temps qui couraient, une chose simple. Nous avions surtout besoin de nous abriter des haines ambiantes…

Mais ce ne fut qu'une première réaction, instinctive. Dans le regard que nous avions échangé, elle et moi, il y avait autant d'amusement que d'inquiétude. Puis nous nous étions retirés, sans un mot, à reculons, ou presque…

Nous étions revenus une heure plus tard. Pour surprendre les deux hommes, toujours seuls, au même endroit, et partis ensemble d'un interminable éclat de rire. Dont la raison nous échappait, bien entendu, mais auquel nous nous étions associés, Clara et moi, de loin, soulagés et honteux de nos frayeurs excessives.

Remarquant au bout d'un moment notre présence, et nos mines intriguées, Mahmoud et l'oncle Stefan nous avaient adressé, à l'unisson, un petit geste de leurs verres levés.

On aurait dit les meilleurs amis du monde. J'aurais tant voulu qu'il en soit ainsi… Mais non, hélas. Peut-être était-il déjà tard.

Ils n'allaient pas se quereller non plus, notez bien. Pas le moins du monde. Jusqu'au bout, ils allaient se montrer plus que courtois l'un envers l'autre. À deviser, tranquilles dans leurs fauteuils jumeaux, se racontant apparemment les histoires les plus invraisemblables, en anglais, comme des gentlemen dans leur club… C'est surtout mon

154

beau-frère qui égrenait les anecdotes, illustrées de gestes amples, de mimiques, de voix cassées, encouragé par les réactions réjouies de son interlocuteur.

Mais à un moment, sans raison apparente, les choses s'étaient gâtées. D'autres invités étaient venus vers eux, il y avait eu des présentations, des courbettes. Mahmoud s'était alors retiré, en marmonnant une excuse.

Un peu plus tard, comme il y avait un petit vent frisquet, j'étais monté à l'étage pour prendre un chandail. Mon beau-frère était là, assis sur un sofa, dans l'obscurité. L'air accablé. Je crois même qu'il pleurait. J'avais failli lui demander ce qu'il avait, mais je m'étais retenu, de peur de l'embarrasser, j'avais fait comme si je ne l'avais pas remarqué. Il ne devait plus réapparaître de toute la soirée.

Qu'est-ce qui avait bien pu le mettre dans cet état ? En redescendant, j'étais allé en parler à ma sœur. Elle s'en était montrée préoccupée, quoique nullement surprise ; ces derniers temps, son mari était souvent ainsi ; chaque fois qu'on parlait de Haïfa devant lui, il commençait par s'enthousiasmer, se mettait à raconter mille histoires du passé, le passé lointain et aussi sa propre enfance ; ses yeux brillaient, on avait plaisir à l'entendre et à le regarder. Pourtant, dès qu'un petit silence s'installait, il fronçait subitement les sourcils et sombrait dans la mélancolie.

Il ne parlait jamais de ses états d'âme ; mais un jour, comme ma sœur lui suggérait qu'il devrait faire un livre de tous ces souvenirs qu'il évoquait si merveilleusement, il avait écarté l'idée des deux mains : « Mes souvenirs ? Je soulève des mottes de terre vers la lumière, comme la pelle du fossoyeur. »

Quant à l'oncle Stefan, la conversation avec Mahmoud avait produit sur lui un tout autre effet. L'effet inverse, je dirais. Lui qui était, d'ordinaire, taciturne, et plutôt bougon, il allait se montrer pour le reste de la soirée proprement déchaîné, plaisantant avec les jeunes gens, taquinant les femmes, et cherchant constamment des yeux son compagnon éclipsé.

En fin de soirée, apercevant Clara, il avait couru vers elle, l'avait prise à part, pour lui demander, sur le ton de la plus grave confidence :

« Ne crois-tu pas qu'il devrait y avoir un moyen de se réconcilier avec... eux ? »

« Regarde autour de toi, oncle Stefan, nous sommes réconciliés ! »

« Je ne parlais pas de ça, tu m'as parfaitement compris ! »

En bavardant avec ma sœur, ce soir-là, pour la première fois depuis des années, j'en avais profité pour lui demander si son mari était bien le dévot que mon père m'avait décrit, constamment prosterné sur son tapis de prière. Elle avait ri. Mahmoud s'était montré froissé, m'a-t-elle expliqué, un jour que notre père était en train de pourfendre la religion, voilà tout. C'est un peu la différence entre mon père et moi. Il arrivait que nous pensions la même chose, mais moi j'évitais de dire ce qui pourrait heurter les personnes présentes. Lui, il fonçait, droit devant lui, sûr d'être dans le vrai...

Quelle attitude est préférable ? Aujourd'hui je

regrette de n'avoir pas été comme lui. Mais c'est sans doute parce que j'ai vécu à l'ombre d'une voix puissante que je n'ai pas su devenir le rebelle qu'il espérait...

Après cette première fête, il y en avait eu une autre, à Haïfa. Beaucoup moins spectaculaire, mais émouvante. Au début, la chose nous avait semblé superflue, à Clara comme à moi, puisque l'oncle Stefan avait pu venir à Beyrouth. Mais les membres du comité Pajuw avaient insisté. Pour eux, cela semblait important, et nous n'avions pas voulu les contrarier.

Ils étaient là une vingtaine, Juifs et Arabes, un peu plus de Juifs que d'Arabes, peut-être. L'un des animateurs, Naïm, a prononcé une allocution pour dire qu'il voyait dans notre union un événement exemplaire, dans notre amour un démenti à la haine.

Étrange personnage, Naïm, au milieu de ce groupe, avec sa pipe qu'il ne se lassait pas de rallumer, qui sentait la griotte d'Alep, et sa couronne de cheveux gris. Ni un ouvrier, ni véritablement un intellectuel, – un industriel ruiné ; les autres, en toute logique, auraient dû s'en méfier, en raison de ce que disaient leurs livres sur les origines de classe ; mais pas du tout, personne ne mettait en doute ses motivations profondes ni son dévouement, et tous lui reconnaissaient même, lors des réunions, une certaine préséance. On prétend que les siens possédaient jadis la moitié de la ville, façon levantine de dire tout bêtement qu'ils avaient été riches. La crise des années trente les avait ruinés, comme tant d'autres ; le père de Naïm et sa mère et ses oncles étaient tous morts les uns après les autres d'amertume et de dépit ; c'est à lui qu'était revenue la tâche ingrate de liquider la fortune ancestrale pour satisfaire les créanciers. Il avait tout vendu, tout perdu, à l'exception d'une demeure en bord de mer, une vieille bâtisse du temps des Ottomans, vaste et autrefois somptueuse, mais qu'il n'avait plus les moyens d'entretenir, et qui se trouvait, lorsque je l'ai connue, dans un état de délabrement avancé. Des murs lépreux, certains même écroulés, un jardin envahi de broussailles, des pièces meublées de nattes et de vieux matelas, une toiture béante, – sa maison demeurait néanmoins noble et sereine et enchanteresse. C'est là que s'était déroulée la fête en notre honneur.

Pendant la soirée, nous avons entendu par deux fois le son d'explosions lointaines. J'ai été le seul à m'en émouvoir ; les autres, coutumiers de la chose, spéculaient nonchalamment sur l'origine probable des bruits ; les danses s'étaient interrompues quelques secondes seulement, puis elles avaient repris au son d'un phonographe de location.

Que de fêtes, n'est-ce pas, cet été-là ! Pris dans ce tourbillon, nous évitions, Clara et moi, de nous poser sérieusement la question qui était pourtant présente à chaque instant dans nos pensées : où allions-nous vivre ? Notre unique certitude, c'était que nous devions être ensemble. Bien sûr, mais où ?

Si j'avais à prendre cette décision aujourd'hui, je sais parfaitement ce que j'aurais fait. Nous serions partis dès la fin de l'été pour Montpellier, où j'aurais repris mes études de médecine et elle ses études d'histoire. Je suis sûr aujourd'hui que c'était la seule chose à faire. S'il y avait eu dans la tête du jeune homme que j'étais la voix du vieux sage que je suis devenu, la voix aurait dit : « Sauve-toi ! Prends ta femme par la main, fermement, et cours, courez, sauvez-vous ! » Mais le jeune homme et la jeune femme que nous étions n'avaient d'autres conseillers que leurs illusions du moment. Une tornade allait s'abattre sur le Levant, et nous voulions faire barrage de nos mains nues ! C'était exactement cela. Le monde entier était résigné à voir Arabes et Juifs s'entre-tuer pendant des décennies, des siècles peut-être, tout le monde s'était fait une raison, les Anglais et les Soviétiques, les Américains et les Turcs… Tout le monde à l'exception de nous deux, et de quelques rêveurs comme nous. Nous voulions empêcher ce conflit, nous voulions que notre amour soit le symbole d'une autre voie.

C'était courageux, vous dites ? Non, c'était insensé ! On peut formuler un espoir de paix, de conciliation, c'est louable, c'est beau, c'est respectable… Seulement, parier notre existence sur cela, jouer notre bonheur, notre amour, notre union, notre avenir, sans penser un instant que nous pourrions perdre la mise ? Aujourd'hui je dis « absurde », « aberrant », « insensé », « stupide », « suicidaire » ! À l'époque, je disais autre chose. L'idée ne m'était pas venue que nous puissions aller passer trois ou quatre ans en France. C'était en quarante-six, nous aurions laissé passer le cyclone… De grâce, arrêtez-moi, je pourrais continuer longtemps avec cette litanie, je l'ai tellement ressassée !

Nous avions donc choisi de rester au Levant. Entre Haïfa et Beyrouth. Du temps où la frontière était ouverte, la distance n'était pas longue par la route côtière. Nous avions deux ports d'attache, deux « échelles », comme on disait autrefois, et un chapelet de maisons, mais aucune pour nous tout seuls. À Haïfa, nous dormions tantôt dans l'appartement de l'oncle Stefan, tantôt chez Naïm. Et à Beyrouth, il n'était pas question d'habiter ailleurs que dans la maison familiale. Si vaste, et mon père qui y vivait seul. Nous nous y étions installés, tout naturellement. Clara était là chez elle, elle régnait en maîtresse. Moi j'étais fou amoureux d'elle et mon père la chérissait.

Si c'est notre maison libanaise que nous préférions ? Peut-être... je ne sais plus... Parce qu'à Haïfa aussi nous allions au début très régulièrement. Clara avait promis de venir voir son oncle tous les deux mois. Elle avait également à cœur de ne pas délaisser les réunions du comité... Nous nous sentions d'ailleurs de plus en plus proches de Naïm, il était devenu, me semble-t-il, notre meilleur ami commun. Et sa maison était si attachante. Son jardin de touffes d'épines se prolongeait jusqu'à la plage. Nous y allions toujours avec émerveillement. Mais c'est à Beyrouth que nous vivions, pour l'essentiel. Et c'est là que nous avions repris nos études.

En ce qui me concerne, je devrais plutôt dire : essayé de reprendre. Je m'étais inscrit à la Faculté française de médecine, dirigée par les pères jésuites. L'enseignement n'y était pas de moins bonne qualité qu'à Montpellier. J'aurais sans doute pu y faire toutes mes études, dès le début. Mais à dix-huit ans, je voulais avant tout sortir de l'ombre de mon père. J'étudiais pour partir plus que je ne partais pour étudier.

À présent, mon attitude n'était plus la même, je ne voulais plus m'éloigner de mon père, qui était seul, et avec lequel mes rapports avaient changé du tout au tout depuis que j'étais devenu un prétendu héros de la Résistance ; et plus encore après mon mariage ; il avait vieilli, et la femme de la maison était la mienne.

Clara aussi s'était inscrite à l'université, où elle se montrait, comme toujours, très active. Militante et studieuse. Elle avait même commencé à apprendre l'arabe.

Mais pour en revenir à moi, j'ai bien précisé que j'avais « essayé » d'étudier. Oui, seulement « essayé ».

J'avais ressenti, dès mon retour sur les bancs, une grande difficulté à me concentrer sur ce que je lisais. Impossible, surtout, de mémoriser quoi que ce soit. Au début, je me disais que c'était normal, après cinq ou six années d'interruption, au cours desquelles j'avais eu des préoccupations tellement éloignées. Mais ces problèmes de concentration persistaient, et ils m'irritaient plus que je n'aurais été prêt à l'admettre. Moi qui étais si fier autrefois de ma mémoire et de ma capacité d'assimilation, j'avais le sentiment d'être frappé d'impuissance. J'avais honte…

Bien sûr, j'aurais dû chercher à y remédier. Mais je refusais d'admettre qu'il y avait là une anomalie qui nécessitait des soins. Je préférais me dire que les choses s'arrangeraient avec le temps. Et chercher des dérivatifs.

Quels dérivatifs ? Mes conférences, d'abord ; j'en ai redonné quelques-unes, avec toujours pour thème mes souvenirs de résistant. Et puis aussi le bonheur… bien qu'il soit indécent de parler du bonheur comme d'un dérivatif. Mais il jouait aussi ce rôle. J'étais si heureux en compagnie de Clara que j'essayais de ne pas me laisser perturber par ce qui pouvait arriver hors de ma vie affective. Chaque fois que nous nous tenions la main, nos cœurs battaient, et je n'entendais plus mes frayeurs ni le vacarme du monde. J'essayais de me persuader que tout allait bien.

En un sens, tout allait bien encore...

Non, ce n'est pas vrai. Plus rien n'allait, autour de nous. Mais en regard de ce que nous devions connaître avant longtemps, nous étions encore dans l'Éden.

C'était, souvenez-vous, l'époque où l'on parlait beaucoup du partage de la Palestine en deux États, l'un pour les Juifs, l'autre pour les Arabes. 1947. Les rancœurs étaient si grandes déjà qu'on ne pouvait plus exprimer à voix haute des opinions conciliantes. Partout des attentats, des manifestations, des accrochages, des cris de guerre. Pour aller à Haïfa et en revenir, les routes devenaient à chaque voyage un peu plus périlleuses.

Clara et moi étions déjà des victimes en sursis. Puis, en quelques coups de griffe, la laideur du monde nous a débusqués.

Le tournant, ce fut peut-être le jour où mon
frère est sorti de prison, à la faveur d'une ultime
amnistie.

C'était en tout début d'après-midi, nous étions
encore à table, à bavarder, tous les trois. Nous
deux, et mon père. Nous avions appris ce matin-
là la plus belle nouvelle de toutes : Clara était
enceinte. Elle revenait de chez son médecin,
qu'elle était allée consulter après avoir eu des
nausées. Nous étions tous si gais, surtout mon
père, qui se voyait déjà portant dans les bras son
petit-enfant. Il en parlait comme si nous nous
apprêtions à lui faire, à lui, le plus beau cadeau
qui soit. Et soudain, un bruit de voiture ; qui s'arrête ; qui repart ; une porte qui claque ; des pas
rapides sur l'escalier... Mon frère Salem était de
retour.

Si je l'avais visité dans sa prison ? Non. Pas une
seule fois, non. N'oubliez quand même pas comment ce voyou s'était conduit ! Et mon père ? S'il
était allé le voir, il ne m'en a rien dit. Pour tout
vous dire, nous avions tous envie de tourner cette
page. Je crois même que nous avions réussi à
l'oublier...

Mais il était revenu. Au pire moment, quand
nous l'attendions le moins. Quand nous désirions

le moins sa présence, il était revenu. Tout droit de la prison à la maison. À sa chambre. Qu'il avait aussitôt verrouillée. Pour qu'aucun de nous ne songe à monter lui parler.

Il y avait soudain dans l'atmosphère quelque chose de glacial. La maison n'était plus la même, elle n'était plus la nôtre. Nous baissions la voix pour nous parler. Mon père s'était transformé en l'espace de quelques instants. Sa gaieté balayée, le visage lourd. Il ne disait rien, ni pour se plaindre des manières de Salem, ni pour le maudire, ni pour le chasser, ni pour lui pardonner. Plus un seul mot, il s'était enfermé en lui-même.

Quant à nous deux, Clara et moi, nous sommes partis avant la fin de la semaine pour Haïfa.

Non, il n'y avait eu aucun incident avec mon frère, nous ne nous étions pas affrontés. Nous nous étions à peine adressé la parole. Et nous sommes quand même partis ? Je comprends votre surprise. Peut-être devrais-je vous faire ici un aveu. Cela me coûte d'en parler, et j'ai mis du temps moi-même à l'admettre, mais si je cherchais à le dissimuler, bien des choses en deviendraient incompréhensibles : j'ai toujours eu peur de mon frère. Non, pas peur, le mot est excessif. Disons plutôt que je me sentais mal à l'aise dès que je me trouvais face à lui. J'évitais que mon regard ne croise le sien.

Pour quelle raison ? Je n'ose pas me lancer dans des explications compliquées… Nous n'avons pas grandi de la même manière. Il lui est poussé des griffes et des canines, moi pas. Moi qui ai été constamment choyé, je n'ai jamais vraiment eu à me battre. Tout est venu à moi si facilement, si naturellement. Tout, même l'héroïsme, même la passion. Bertrand, puis Clara. Tout venait à moi comme dans un rêve, je n'avais qu'à dire oui. J'ai partout été, même dans la Résistance, l'enfant adulé. Je n'ai jamais eu à mener de combat pour conquérir ma place. Chaque fois qu'un obstacle se dressait sur ma route, une autre route se présentait, comme par miracle, qui s'avérait plus large, mieux balisée que celle qui s'était bouchée. Je n'ai donc pas eu à m'aguerrir. Et cela se reflète dans mes idées. Je suis toujours pour la conciliation, la réconciliation, et si je suis révolté, c'est d'abord contre la haine.

Pour mon frère, c'était l'inverse. J'ai presque envie de dire qu'il a tué pour naître. Puis il a toujours dû se battre, contre mon père, contre moi ou mon ombre plutôt, tout pour lui était un combat hargneux, jusqu'à la nourriture dont il se gavait.

Il m'est arrivé de me dire parfois que mon frère était un loup. Ce n'est pas exact. Le loup se bat seulement pour survivre, ou pour préserver sa liberté. S'il n'est pas menacé, il va son chemin, hautain et pathétique. Mon frère, je le comparerais plutôt à ces chiens revenus à l'état sauvage. La maison dans laquelle ils ont grandi, ils la regrettent et la haïssent à la fois. Leur itinéraire dans la vie s'explique toujours par une blessure : un abandon, une trahison, une infidélité. Cette blessure est leur deuxième naissance, la seule qui compte.

Entre mon frère et moi, le combat aurait été inégal. J'ai choisi la fuite. Oui, la fuite, il n'y a pas d'autre mot.

Nous sommes donc partis pour Haïfa, Clara et moi. Nous en avions le projet depuis quelque temps déjà, mais nous l'avions repoussé à plusieurs reprises parce que les routes de Galilée n'étaient pas sûres. Vu l'atmosphère qui régnait désormais dans la maison, nous nous étions décidés à y aller. Même s'il fallait prendre quelques risques. Ce n'était pas la chose la plus prudente à faire, surtout que ma femme était enceinte. Mais nous n'avons jamais été les gens les plus prudents ; si nous l'avions été, nous ne nous serions pas engagés l'un et l'autre dans la Résistance, et nous ne nous serions pas rencontrés, n'est-ce pas ? Il y avait chez nous comme une tradition d'imprudence et de témérité.

Ce jour-là, les routes étaient particulièrement désertes, ce qui n'avait pas suffi à nous décourager. Nous avions roulé, droit devant nous, à bonne allure. De temps à autre, nous croyions percevoir des martèlements inquiétants. Cela pouvait ressembler à des déflagrations, mais lointaines, et nous faisions comme si nous n'avions rien entendu.

Dans la dernière partie du trajet, en Galilée, les bruits s'étaient rapprochés, et précisés. Il y avait des coups de feu, des explosions, et une odeur de brûlé. Mais il était trop tard pour rebrousser chemin.

Alors que nous étions déjà à l'entrée de Haïfa, entre la rue Fayçal et le Kingsway, non loin du chemin de fer... Si vous ne connaissez pas Haïfa, tout cela ne vous dira rien... Bref, donc, à l'entrée nord de la ville, deux balles perdues viennent percuter la voiture. Puis une explosion nous fait bondir des quatre roues. Nous hurlons tous les deux les choses plutôt stupides qui viennent à l'esprit à ces moments-là : « Attention ! » et puis : « C'est venu de là-bas ! » Comme si cela servait encore à quelque chose de faire attention, ou de connaître la provenance des tirs.

Agrippé au volant, je fonçais droit devant moi. Incapable de tourner à droite ou à gauche, je fonçais. En répétant, d'une mâchoire tremblante : « N'aie pas peur ! N'aie pas peur ! N'aie pas peur ! » Je heurtais sans arrêt des pierres, des pneus, des carcasses de voitures, peut-être même des corps, je ne sais pas, je ne voyais plus rien, je fonçais. Quand nous sommes enfin arrivés, Dieu sait comment, devant la maison de Naïm, à l'autre bout de la ville, vers *Stella maris*, il m'a fallu quelques minutes pour desserrer mes doigts du volant...

Nous n'avions eu ce jour-là rien de pire que cette frayeur. Nous n'étions pas blessés, je veux dire. Mais ce n'est pas rien, la frayeur. Quoi de plus insupportable que ce sentiment d'impuissance que l'on éprouve, dans une voiture de tourisme, sur une route enfumée et encombrée de débris, quand les tirs et les explosions semblent provenir de toutes les directions à la fois. Nous n'étions pas les gens les plus timorés, mais cette fois, c'en était trop. Il y avait nos deux vies en jeu, nos trois vies même, notre avenir, notre amour, notre bonheur. N'était-ce pas un crime de prendre tout cela à la légère ?

Cet incident nous avait ébranlés, Clara et moi. Nous avions soudain envie de calme, d'immobilité presque. Pendant des semaines, nous ne voulions plus sortir de la maison, fût-ce pour quelques pas timides dans le jardin en direction de la plage.

Nous passions nos journées blottis l'un contre l'autre. À roucouler. Nous parlions sans arrêt de notre enfant qui allait naître. Et du monde où notre enfant vivrait. Nous nous plaisions à imaginer un monde différent... Nos espoirs étaient à la mesure de notre désarroi. Plus les lendemains étaient sombres, plus les surlendemains étaient ensoleillés.

Je vous ai peut-être donné l'impression qu'entre Clara et moi, malgré toutes les tensions et les rancœurs qui nous environnaient, il n'y avait jamais de querelles, jamais de discussions animées. Si, bien sûr, il y en avait, mais pas celles qu'on pourrait supposer. Je dirais même que les choses se passaient toujours, toujours sans exception, à l'inverse de ce qu'on a coutume d'attendre. Lorsque Clara me contredisait, c'était pour aller plus loin dans le sens des Arabes, pour me dire que je devrais mieux les comprendre ; et moi, quand je la reprenais, c'était pour lui dire qu'elle se montrait trop sévère avec ses coreligionnaires. La discussion n'avait jamais lieu autrement. Et ce n'était pas par un arrangement quelconque, par quelque convention de bon voisinage, c'était spontané, sincère. Chacun se mettait spontanément à la place de l'autre.

J'ai eu l'occasion d'écouter, il y a quelques jours, à Paris, un débat à la radio entre un Juif et un Arabe, et je vous avoue que cela m'a choqué. Cette idée de mettre face à face des personnes qui parlent chacune au nom de sa tribu, qui rivalisent de mauvaise foi et d'habileté gratuite, oui, cela me choque et me dégoûte. Je trouve ces duels grossiers, barbares, de mauvais goût, et j'ajouterais, parce que c'est là toute la différence : inélégants. L'élégance morale, pardonnez-moi de m'encenser une fois en passant, oui l'élégance morale, c'était Clara et moi, Clara qui s'efforçait de comprendre jusqu'aux pires travers des Arabes, et de se mon-

169

trer sans complaisance envers les Juifs, et moi, sans complaisance pour les Arabes, et gardant toujours à l'esprit les persécutions lointaines et proches pour pardonner les excès chez les Juifs.

Je sais, nous étions d'incurables naïfs! Mais plus lucides qu'il n'y paraît. Nous savions à présent que cet avenir dont nous rêvions, il n'était pas pour nous. Au mieux, pour nos enfants. C'est peut-être parce qu'il y avait cet enfant à venir que nous avions encore la force de regarder par-delà l'horizon.

Chaque matin je posais la main sur le ventre arrondi de Clara et je fermais les yeux. Et lorsque j'entendais à la radio que la route côtière était toujours impraticable, je ne m'en faisais plus. De cette vétuste bâtisse ottomane construite à l'écart des rues sanglantes je ne voulais plus bouger. Oublié le monde extérieur, oubliées mes études, oubliée la guerre, c'est là qu'allait naître mon enfant.

Et puis je suis parti.

Samedi matin

Je n'ai pas rapporté tout ce qu'Ossyane m'a dit de son séjour à Haïfa, de ses promenades avec Clara, des détails de leur vie quotidienne, de leurs croyances et de leurs rêves communs. J'avais le sentiment qu'il faisait du surplace. Chaque fois qu'il semblait sur le point de passer à l'étape suivante, il revenait brusquement en arrière, pour épiloguer encore. Patiemment, j'écoutais, mais je n'écrivais plus. Je l'observais plutôt. À l'évidence, il se débattait, comme lorsqu'on se trouve, au petit matin, pris dans un songe délicieux, et qu'on s'efforce de garder les yeux clos pour lutter contre le réveil.

Sa dernière phrase, il l'avait lancée de guerre lasse, comme on jette l'éponge.

— Et puis je suis parti...

Il avait soudain interrompu ses déambulations pour s'asseoir sur le bord du lit. Nous n'avions plus rien dit, ni l'un ni l'autre, ce soir-là.

C'est seulement le lendemain que je repris ma sorte d'interrogatoire :

— Vous voulez dire que vous êtes parti seul ?

Oui, seul. Sans Clara.

Ce qui a pu m'éloigner d'elle ? Un télégramme m'annonçant que mon père se trouvait à l'article de la mort. Ce n'étaient pas les mots exacts. Mais c'est ainsi que je l'avais compris.

J'avais, depuis l'enfance, cette terreur, qui doit être du reste fort commune, d'apprendre un jour que mon père se mourait. Pendant des années, c'était la chose que je redoutais le plus au monde. Après l'enfance, j'y ai moins pensé, mais elle était là, en moi, prête à mordre.

Le télégramme disait simplement : « Father ill. » Il provenait du Caire, envoyé par Mahmoud à la demande de ma sœur, qui s'apprêtait à prendre l'avion pour Beyrouth. C'est mon frère qui l'avait avertie, et elle avait supposé à juste titre qu'il n'avait pas dû procéder de la même manière avec moi. Il avait prétendu qu'il ne savait pas où ni comment me joindre.

Mais l'heure n'était pas aux récriminations. Nous allions nous retrouver au chevet d'un père.

Il avait eu une hémiplégie, sa bouche était déformée, mais il s'efforçait encore d'articuler. Si l'on s'asseyait ou s'agenouillait près de lui, et qu'on rapprochait l'oreille, on arrivait à comprendre.

Sa première question fut pour me demander pourquoi j'avais quitté ma femme en de telles circonstances. Je ne pouvais pas lui répondre : « Pour venir auprès de mon père mourant. » Il valait mieux biaiser : « Ne crains rien pour elle. Le quartier où elle se trouve est des plus paisibles. »

« Elle est au neuvième mois, n'est-ce pas ? »

Elle était seulement au septième, mais je n'allais pas le détromper. Je voyais bien que, pour lui, le décompte n'avait pas le même sens que pour moi. Lui se demandait surtout s'il aurait une chance de voir son petit-enfant avant de mourir. Il aurait pu. Lorsque Clara a accouché, mon père était encore en vie; mais il n'a jamais pu voir l'enfant…

En dépit de cette erreur de calcul, si compréhensible, il avait encore toute sa tête.

«Comment es-tu venu, avec tout ce qui se passe?»

«Par la mer.»

De Haïfa à Beyrouth, il n'était plus question de s'aventurer sur les routes. Je n'avais même pas essayé. J'aurais été contraint de rebrousser chemin avant même de sortir de l'agglomération. J'avais dû aller au port, et acheter à prix d'or une place sur un cargo roumain en partance vers le nord…

Au cours des semaines suivantes, la santé de mon père allait connaître des hauts et des bas. Étendu comme un monarque sur son immense lit, les cheveux blancs ébouriffés, le visage tordu, il n'avait pas l'air de trop s'en faire. Parfois même il me semblait que son nouveau rôle l'amusait. Son médecin avait confirmé ce qu'on m'avait toujours enseigné à propos de cas similaires, à savoir que notre science ne pouvait rien prédire : « Il pourrait mourir dans la nuit, comme il pourrait se relever dans quelques semaines, marcher à nouveau, en s'aidant d'une canne, et rester auprès de vous dix années encore. Il faut surtout lui éviter les émotions fortes, et l'empêcher de trop parler ou de gesticuler. »

Mais comment le faire taire sans le froisser, sans paraître le traiter comme un enfant? Nous nous posions tous la question, et un jour, ma sœur a cru trouver la solution.

Nous avions dans la maison deux radios identiques, deux TSF massives en bois rougeâtre lustré, achetées par mon père peu avant la guerre. Il y en avait une dans sa chambre, et une autre au salon.

La première, aucun de nous n'y avait jamais touché. Quand il se retirait dans ses appartements, la nuit, ou bien à l'heure de la sieste, il avait l'habitude de triturer les boutons, cherchant sur les ondes courtes des émissions lointaines, Karāchi, Sofia, Varsovie, Bombay ou Hilversum, notant sur un cahier la station, l'heure, la langue, et la qualité de réception.

La radio du salon ne voguait pas si loin. Elle était d'ordinaire branchée sur la Station du Proche-Orient, antenne chypriote de la BBC, ou, plus rarement, sur l'une des radios de la région, Beyrouth, Damas ou Le Caire.

L'écoute obéissait à une sorte de rituel. Personne n'ouvrait la bouche tant que le poste parlait. On pouvait entendre les nouvelles les plus graves, les opinions les plus outrancières, personne ne manifestait approbation ou désapprobation, il était même assez mal vu d'exprimer sa surprise par un « oh ! » Quand parfois il y avait au salon des visiteurs qui ne connaissaient pas la règle, dès qu'ils desserraient les lèvres mon père sévissait : un « chut ! » sonore, un geste éloquent de la main ; parfois même, en cas de récidive, cet autre geste un peu grossier des cinq doigts qui se referment en museau ; et le silence se faisait. Si discussion il y avait, c'était uniquement après, quand la TSF se taisait.

Je me souviens encore de cet instant où, mon père dans son lit s'obstinant à parler en agitant en l'air son unique bras encore valide, Iffett s'était levée, furieuse, était allée vers le poste, avait tourné le bouton. Le malade s'était tu, par réflexe. J'avais adressé à ma sœur un clin d'œil admiratif tant j'étais ravi de l'effet immédiat qu'elle avait obtenu. Les radios à l'époque avaient besoin de quelques secondes pour chauffer avant d'émettre le moindre son. Et quand le son arrivait, il commençait très faible, comme s'il venait de loin par un tunnel.

Les premiers mots audibles, ce jour-là, je ne les ai pas oubliés : « La guerre qui vient d'éclater… » Ma sœur avait encore la main sur le bouton, elle s'est dépêchée de le tourner dans l'autre sens. Mon père s'était déjà redressé dans son lit. « Ta femme… » m'a-t-il dit. Son visage tremblait. Si l'on cherchait à lui éviter les secousses du cœur, on ne s'y était pas pris de la meilleure manière !

C'est cette scène qui me revient en mémoire chaque fois que je me remémore le déclenchement de la première guerre israélo-arabe. C'était en quarante-huit, à la mi-mai. Les événements s'étaient précipités : le mandat britannique sur la Palestine avait pris fin ; le Conseil du peuple juif, réuni au musée de Tel-Aviv, avait proclamé la naissance de l'État d'Israël ; et dans les heures qui ont suivi, les pays arabes étaient entrés en guerre.

Pour être franc, ces péripéties politiques et militaires ne m'émouvaient déjà plus. Tout le monde savait depuis longtemps que la région allait vers l'embrasement. Une seule chose me préoccupait en ces journées, une seule chose m'affolait : le sort de Clara et de l'enfant à naître, car à présent une frontière nous séparait, une frontière devenue infranchissable, et pour longtemps.

Elle l'était déjà un peu, me direz-vous ; depuis un moment, on ne pouvait plus beaucoup circuler... Ce n'était pas la même chose. Pas du tout la même chose. Il était déjà hasardeux, c'est vrai, de rouler sur les routes de Galilée. Mais on pouvait toujours se débrouiller, par la mer, par les airs, par des chemins détournés. Ainsi, quelques jours avant le déclenchement de la guerre, un journaliste, membre du comité de Haïfa, était venu en mission à Beyrouth, m'apportant par la même occasion une lettre de Clara. Elle me disait de ne pas m'inquiéter, qu'elle allait bien, qu'elle avait trouvé dans le voisinage une sage-femme expérimentée qui avait promis de s'occuper de l'accouchement, le moment venu ; elle m'interrogeait sur la santé de mon père, et lui adressait un message d'encouragement, écrit au nom de l'enfant à naître... Vous voyez, on pouvait encore circuler, communiquer. Avec la guerre, c'était fini. Les frontières allaient devenir hermétiques. Ni voyageurs, ni lettres, ni télégrammes, ni téléphone. On était toujours à la même distance, trois ou quatre heures par la route, mais ce n'étaient plus que des heures hypothétiques. Nous étions à des années-lumière, nous n'étions plus sur la même planète.

Moi, de l'autre côté de cette frontière infranchissable, j'avais laissé ce que j'avais de plus précieux au monde. J'étais face au destin comme une souris face au chat quand celui-ci a fini de jouer et qu'il s'apprête à tuer. Ne dit-on pas qu'à ce moment, la souris, affolée, se met à tourner en rond, incapable de fuir, incapable de se cacher, incapable de trouver une issue pour survivre ?

Les autres suivaient les péripéties de la guerre, moi pas. Qui allait gagner ? qui allait perdre ? je m'en moquais. Ma guerre à moi, je l'avais perdue à l'instant même où la guerre des autres avait éclaté.

Très vite, j'allais cesser d'écouter les communiqués et les marches militaires. Quand, au salon, la radio s'allumait, je montais m'isoler dans ma chambre. J'ouvrais la partie de l'armoire où il y avait les habits de Clara. Je m'y enfouissais le visage pour respirer son odeur. Et je pleurais, et je répétais son nom, dix fois, vingt fois d'affilée, puis je lui parlais comme si elle était devant moi, je lui adressais de longs soliloques d'amour et de détresse.

De temps à autre, je me reprenais, je me sermonnais. Alors je séchais mes larmes et j'allais au chevet de mon père. Lui s'accrochait encore à la vie, et moi j'essayais non sans peine de garder l'espoir. Je ne sais pas lequel de nous était le plus inquiet pour l'autre.

Parfois il m'interrogeait : qui avance ? qui recule ? où se déroulent les batailles ? que font les Anglais ? que dit Staline ? et les Américains ? Je ne savais pas. Au début il avait dû s'imaginer que je participais de la conspiration des autres, qui ne l'informaient de rien pour éviter de le perturber. Mais il avait fini par comprendre que je ne mentais pas, que lui et moi partagions la même ignorance. Sans doute étions-nous aussi fragiles l'un que l'autre.

Il était dit que je m'écroulerais en même temps que lui.

Mon père est mort en juillet, par une de ces journées si chaudes qu'elles font regretter les pays du Nord. La guerre se poursuivait, poussive. Sur le chemin du cimetière un haut-parleur patriote annonçait une victoire mensongère. Suivie d'un hymne, qu'on s'est empressé de faire taire par égard pour le cortège qui passait. En bord de route les hommes se découvraient, non sans avoir placé leur tête dans une ligne d'ombre. Ma propre tête était brûlante. Je levais seulement la main, de temps à autre, à hauteur du front ; dérisoire protection.

Je suis entré au cimetière en tête du cortège. Toutes les allées étaient pourtant noires de monde, on ne voyait plus aucune pierre tombale. Nous étions en plein air, mais j'avais l'impression d'étouffer. Le soleil était si bas, il pesait sur ma nuque, sur mes épaules, sur mes tempes. Mes yeux étaient en feu. Quelqu'un m'a pris par le bras pour me rapprocher de l'endroit où gisait mon père.

Les prières venaient à peine de commencer quand je me suis évanoui. Le souvenir que je garde, c'est qu'en voyant la blancheur du linceul, j'avais été comme ébloui. J'avais fermé les yeux, qui me faisaient mal, et je ne les avais plus ouverts.

J'allais rester plus d'un mois au lit. Une insolation. Tous les symptômes étaient là. La fièvre, les céphalées, le délire, les vomissements. L'incapacité à me tenir debout. Mais le soleil n'était pas seul coupable. Tant d'événements m'avaient rendu fragile. L'explosion sur la route de Haïfa, qui, longtemps après, revenait encore dans mes rêves ; la mort de mon père, bien sûr, et la séparation forcée d'avec Clara ; le fait, aussi, de me dire sans arrêt, semaine après semaine, qu'elle avait peut-être accouché déjà, et que je ne savais pas si elle se portait bien, si l'enfant était vivant, et si j'étais le père d'un garçon ou d'une fille – l'ignorance dans laquelle je me trouvais sur ce dernier point peut paraître dérisoire, elle me minait, je la ressentais comme une humiliation.

Cela dit, le soleil aura été, sans nul doute, l'élément aggravant, qui m'a fait basculer. Quand la fièvre est retombée, on s'est rendu compte que je n'étais pas guéri. J'étais devenu ce qu'on appelle un désaxé, un aliéné, un déséquilibré... Il y a tant de termes risibles pour couvrir cette même réalité, le mot «fou» ne me gêne pas plus qu'un autre. Disons que je me comportais d'une étrange manière.

Le plus angoissant, je crois – mais c'est peut-être ce qui, à la fin, m'a sauvé –, c'est que je n'ai jamais perdu totalement la raison. Je dis bien totalement, il m'est arrivé de la perdre aux deux tiers, aux trois quarts, aux neuf dixièmes, si ces proportions peuvent signifier quelque chose, mais il y avait toujours, même aux moments les plus sombres, un petit moi-même, un minuscule moi-même, embusqué dans ma tête comme dans un maquis, et qui demeurait abrité des tempêtes qui m'agitaient. J'ai envie de l'appeler le moi médecin. C'est un peu cela : je n'étais jamais totalement un patient, il y avait toujours en moi cet autre être qui considérait le patient comme un patient en se disant qu'un jour il faudrait le guérir.

Dès le début, quand j'avais commencé à perdre le contrôle de mes actes, j'avais conscience de la chose. Je ne sais pas si je pourrai l'exprimer aujourd'hui comme alors j'ai pu le sentir, mais je vais essayer.

Une nuit, je m'étais réveillé en sursaut avec une idée têtue : il faut que j'envoie tout de suite un message à Clara. Et comme je n'ignorais pas qu'il n'y avait plus de service postal entre Beyrouth et Haïfa, j'avais décidé d'écrire une lettre, puis de l'envoyer en France, à Jacques, qui, lui, pouvait la lui faire parvenir sans difficulté. L'idée était effectivement bonne ; quand elle m'était venue, j'étais tout exalté. En même temps, je savais que je n'étais pas en état de réfléchir au contenu d'une lettre aussi importante, j'avais d'atroces maux de tête, j'avais l'impression que chaque neurone que je sollicitais s'enflammait. Donc, j'avais décidé de retenir l'idée, mais d'attendre que je sois rétabli pour écrire. C'était la nuit, je m'étais étendu, apaisé. Quelques minutes plus tard, j'avais sauté du lit, allumé ma lampe de chevet, pris un stylo, du papier, j'avais commencé à écrire. Puis à relire, à corriger, à raturer, à barrer, à réécrire, j'avais l'impression de ne pouvoir sortir de la première phrase. Je m'étais interrompu, je m'étais recouché. Je m'étais relevé une deuxième fois… Je ne vais pas vous ennuyer avec le récit de chaque geste, j'en arrive tout de suite à la conclusion : dès l'aube, j'étais devant la porte à attendre le facteur. Je lui avais confié la lettre, avec de l'argent pour qu'il mette des timbres – non, ce n'était pas la procédure habituelle, mais cela se faisait parfois, à Beyrouth, quand on était malade – puis j'étais rentré m'endormir. Pour me réveiller à midi, affolé, incapable de me souvenir de ce que j'avais pu écrire dans cette lettre, et décidé à retrouver le facteur pour la lui reprendre.

Bien entendu, je n'ai pas pu le rattraper. J'en ai eu du remords pendant des années. Aujourd'hui, je me dis que cela n'aurait rien changé. Quand une sale idée me traversait l'esprit, elle continuait à bourdonner jusqu'à ce que je cède et m'exécute...

S'agissant de la lettre à Clara, j'allais m'empêtrer encore. Je ne savais pas du tout ce que j'avais pu lui écrire. Et aujourd'hui, je ne le sais pas davantage. Dans l'état où je me trouvais, j'ai très bien pu lui envoyer en vrac tous les brouillons de la nuit ! Je savais seulement que j'avais fait une énorme idiotie... Et j'étais convaincu qu'il fallait, sans tarder, écrire une autre lettre, histoire de clarifier mes propos. Ai-je besoin de dire que la deuxième lettre fut plus embrouillée encore que la première ? À peine l'avais-je expédiée, j'avais eu à nouveau d'atroces remords ; alors j'en avais écrit une troisième, probablement pire que les deux premières, puis une quatrième... Seigneur, rien que d'y repenser, j'ai envie de hurler !

Je savais que j'étais en train de m'enfoncer, mais je m'enfonçai quand même...

Puis la frénésie s'était calmée, je veux dire cette frénésie-là. À présent, j'étais pris d'une autre manie : je passais la journée entière à rôder dans le jardin, j'en faisais le tour trente, quarante fois d'affilée, écrivant dans ma tête des lettres imaginaires, échafaudant des plans...

Et pendant que je marchais ainsi, je parlais tout seul, je gesticulais. Lorsque des gens passaient près de moi, je les voyais à peine, comme dans un brouillard. Ceux qui me saluaient, je ne les entendais pas. Ceux qui m'avaient déjà croisé ne prenaient plus la peine de saluer. Ils se contentaient de murmurer quelque formule apitoyée, ou quelque prière pour éloigner d'eux et de leurs proches pareille calamité. Un si beau jeune homme que le pays entier admirait, quelle malédiction ! Certains accusaient le soleil, d'autres les jeteurs de sorts, ou les études, ou bien encore l'hérédité. Il est vrai que le souvenir de ma grand-mère folle était encore dans les esprits.

Le seul visiteur auquel je n'étais pas indifférent, c'était le facteur. Dès que je le voyais, je courais vers lui, je l'interrogeais. C'était d'ailleurs peut-être pour le guetter que je rôdais ainsi dans le jardin... Peut-être. Je ne sais plus vraiment. Je ne garde de cette époque que des souvenirs embrumés. Du moins je peux aujourd'hui en parler, sourire, comme si j'observais les comportements d'un autre, ou comme s'il s'agissait d'une vie antérieure. N'est-ce pas la preuve que je suis guéri ?

Ce que j'attendais du facteur, c'était la réponse de Clara. Elle m'est arrivée au bout d'un mois. À l'époque, cela m'avait paru tellement long que j'avais désespéré de la recevoir. En fait, c'était court, quand on sait le trajet que devait effectuer ce courrier, de Beyrouth à Paris, de Paris à Haïfa, de Haïfa à Paris, puis de nouveau Beyrouth. Je crois qu'elle a répondu très vite. Je crois aussi qu'elle a beaucoup pleuré. Ce que j'écrivais avait dû lui révéler, dès les premières lignes, l'état d'agitation mentale dans lequel je sombrais. Et même sans lire un seul mot, en voyant mon écriture, elle avait sans doute tout compris.

Sa réponse était tendre. Mais d'une tendresse où perçait la pitié. Non pas la tendresse d'une femme envers l'homme qu'elle aime, mais la tendresse d'une mère pour un enfant débilité par la maladie.

Elle m'écrivait : « Mon Bakou chéri », c'est ainsi qu'elle m'appelait quand nous étions seuls. « Nous avons une fille. Elle se porte bien, et elle te ressemble. Je t'envoie sa première photo. Je l'ai appelée Nadia, comme tu le voulais. J'ai encadré une de nos photos, celle que Bertrand nous avait prise à la sortie de la mairie, et je l'ai posée près du berceau. Je te désigne parfois du doigt en disant « papa », et notre fille te sourit. »

Les premières phrases ne pouvaient que me combler, n'est-ce pas ? Et la photo de notre fille ! Je l'avais contemplée un long moment, j'avais déposé un baiser sur son visage en pointillé, je l'avais glissée dans ma poche intérieure. Depuis, je l'ai toujours portée sur moi, contre mon cœur.

J'avais cessé de lire, tant je pleurais. De joie.

Quand j'avais repris la lettre, les choses s'étaient gâtées.

« Nous avons tous traversé des moments pénibles, m'écrivait Clara. La disparition de ton père, venant s'ajouter à notre longue séparation, et à tout ce qui se passe autour de nous, a sûrement été éprouvante. Il faut que tu te reposes, il faut que tu te soignes. Je veux que tu me promettes que dès la réception de cette lettre, tu iras voir un médecin compétent, pour qu'il t'aide à te rétablir.

» N'aie aucune inquiétude pour Nadia et moi. Nous nous portons bien, et ici tout est calme à présent.

» Tu me demandes où nous allons vivre ensemble. Je suis sûre que nous trouverons une solution puisque nous nous aimons. Je veux maintenant que tu te soignes, et dès que tu seras rétabli, nous reparlerons de tout cela à tête reposée… »

À ce point de la lettre, je pleurais, je sanglotais, non plus de joie, comme au début, mais de rage. Une phrase m'avait assommé : « dès que tu seras rétabli, nous reparlerons »… Moi je sombrais dans la folie, je savais que je glissais inexorablement, j'avais besoin que Clara me retienne. Qu'elle me dise : retrouvons-nous à tel endroit, en France par exemple, recommençons à vivre ensemble, et tu iras tout de suite mieux. Non, elle faisait l'inverse : « dès que tu seras rétabli, nous reparlerons » ! Dans combien de temps je serais rétabli ? Un an ? Deux ans ? Dix ans ? Loin d'elle, loin de ma fille, j'étais persuadé de ne plus jamais pouvoir me rétablir.

Le monde s'assombrissait.

Si je suis sûr, aujourd'hui encore, que ce bout de phrase, je ne l'avais pas mal interprété ? Oui, j'en suis tout aussi sûr. Mais je comprends mieux, à présent, le choix de Clara. Mes lettres lui avaient fait peur. Avant de prendre le risque de me retrouver, de vivre avec moi en compagnie de notre fille, elle tenait à avoir des assurances sur mon état mental.

Oui, aujourd'hui je la comprends ; mais à l'époque je lui en ai voulu. Je me sentais trahi. J'avais l'impression qu'elle me lâchait la main au moment même où je me débattais pour garder la tête hors de l'eau. Ce à quoi j'ai réagi de la pire manière : au lieu de glisser lentement vers l'abîme, je m'y suis précipité.

Je passais à l'époque d'une obsession à l'autre, c'était en quelque sorte mon mode de pensée, disons plutôt mon mode de fonctionnement. Ma nouvelle obsession, c'était qu'il fallait que j'aille retrouver Clara, pour m'expliquer avec elle de vive voix.

J'étais décidé. Dans ma tête, ni guerre ni frontières, les obstacles avaient fondu. J'avais fait ma valise, j'étais descendu de ma chambre. Quelqu'un avait dû me voir, et avertir mon frère, car celui-ci avait accouru pour me demander, alors que j'étais déjà à la porte :

« Où vas-tu ? »

« Je vais à Haïfa. J'ai besoin de parler à ma femme. »

« Tu as raison, c'est la meilleure chose à faire. Assieds-toi, je vais appeler une voiture qui te conduira droit là-bas ! »

Dignement, je me suis assis. Sur une chaise dans l'entrée. Raide, ma valise entre les pieds, comme dans un hall de gare. Soudain, la porte s'est ouverte. Quatre hommes en blanc ont sauté sur moi, m'ont empoigné, ligoté, défait ma ceinture. Une piqûre aux fesses, et j'avais perdu connaissance. La dernière image que je garde est celle du vieux jardinier avec sa femme, qui pleuraient. Je me souviens aussi d'avoir appelé ma sœur à l'aide. Elle n'était plus là, depuis longtemps, mais je ne m'en rendais pas compte. Elle était repartie en Égypte une semaine après la mort de notre père. Elle ne pouvait rester plus longtemps loin de son mari et de ses enfants. Si elle avait été là, mon frère n'aurait peut-être pas osé me faire une chose pareille.

Quoique, à l'époque, il n'en faisait déjà qu'à sa tête. Notre maison familiale était à présent, aux yeux de tous, la sienne. La nouvelle de ma folie s'était répandue, je suppose, dans la ville, et dans tout le pays. Plus rapidement que, naguère, les récits de mes exploits dans la Résistance. Salem n'a dû avoir aucun mal à faire constater mon incapacité, et à se faire nommer tuteur, ce qui lui donnait la haute main sur ma part d'héritage.

Lui, le vaurien de la famille, mon tuteur !

Lui qui, sans les amnisties successives, serait encore en prison pour contrebande et association de malfaiteurs, mon tuteur !

Voilà où nous en étions arrivés l'un et l'autre !

Voilà où en était désormais la noble maison Ketabdar !

C'est ainsi que je m'étais retrouvé, à l'âge de vingt-neuf ans, dans cette clinique qu'on appelait La Résidence du Chemin neuf. Un asile, oui, mais l'asile prétendu haut de gamme, pour riches aliénés. À mon réveil, j'avais vu des murs propres, une porte blanche métallique, une baie vitrée. Il régnait autour de mon lit une odeur de camphre. Je n'avais mal nulle part. Je ressentais même un certain bien-être, effet sans doute des tranquillisants qu'on m'avait administrés. Seulement, lorsque j'avais voulu me redresser, je m'étais rendu compte que j'étais attaché. Je m'apprêtais à crier quand la porte s'était ouverte.

Un homme en blouse blanche est entré, et a commencé aussitôt à défaire mes liens. Il prétendait que je bougeais beaucoup pendant la nuit, et qu'on avait dû m'attacher de peur que je ne tombe. Un mensonge, mais je n'étais nullement d'humeur batailleuse, et je lui ai poliment demandé si je pouvais sortir. «Oui, dit-il, mais prenez d'abord votre café.»

Ce fut désormais la routine. Au réveil, je devais avaler, sous le regard d'un surveillant, homme ou femme, une boisson baptisée café, qui avait un fort goût de médicament. Après, pour la journée et jusqu'au lendemain, j'étais aussi paisible qu'un cadavre. Je n'avais ni désirs ni impatiences. Tout en moi s'était engourdi, ralenti. Je parlais lentement – ce qui m'est resté jusqu'à ce jour, vous l'avez peut-être remarqué ; à la Résidence, je parlais plus lentement encore. Je marchais lentement. Je mangeais lentement, une cuillerée après l'autre, des soupes insipides. Sans protester.

Je n'ai jamais su quelles substances on mélangeait à ce café. Je me suis demandé, plus tard, si on n'expérimentait pas sur moi et sur les autres pensionnaires quelque procédé ingénieux qui rendait les gens dociles et obéissants à souhait, le rêve de tous les tyrans. Il y avait certainement du bromure, en quantité, et un bouquet de drogues... Mais je me fais des idées, sans doute. La clinique du docteur Dawwab, c'était d'abord une entreprise lucrative. Une vingtaine de riches désaxés dont les familles répugnaient à mêler leur misère à celle des pauvres.

Dawwab ? non, ce n'était pas l'homme en blanc que j'avais vu à mon réveil. L'autre, c'était un infirmier. Dawwab était le directeur, le maître de ces lieux de détresse. Il ne m'a fait venir à son cabinet que dix jours après mon arrivée. Dix jours, vous rendez-vous compte ? On m'hospitalise d'urgence, et on attend dix jours avant de m'examiner ! C'était sa manière d'agir. Il passait son temps à nous observer à distance, et ne se montrait que rarement. Il s'était fait aménager une petite pièce au-dessus de la vaste salle où on nous «lâchait» pour la journée. Il s'y asseyait, dans la pénombre, derrière ses épaisses lunettes rondes, comme dans une loge de théâtre.

Autant que je vous le dise tout de suite, à mes yeux cet homme n'était qu'un charlatan. Ne croyez pas que je laisse parler mon ressentiment. Du ressentiment, j'en ai, bien sûr, et j'ai le droit d'en avoir, cet individu et quelques autres ont détourné le cours de ma vie ! Mais ce n'est pas l'aveuglement qui me conduit à le juger ainsi, c'est la lucidité retrouvée. Je dis charlatan, parce que, dans sa prétendue clinique, jamais je n'ai eu l'impression qu'on cherchait à me guérir. Ni moi, ni les autres malades.

Lui, un médecin ? La Résidence du Chemin neuf, une clinique ? Plutôt un enclos. Les soignants, des dompteurs. Et nous, plutôt que des patients, des bêtes prisonnières, enchaînées. Avec des boulets, non pas en fer et attachés aux pieds, non, rien que de minuscules comprimés aux jolies couleurs pastel, mais des boulets tout autant, des boulets au cerveau, des boulets pour l'âme, et qui serrent et râpent jusqu'au sang !

Je n'ai jamais su avec certitude ce qui motivait ce personnage. L'argent, sans doute, mais pas seulement l'argent. Ni seulement le voyeurisme du malheur. Le pouvoir aussi, peut-être, le désir d'autorité. Il exerçait une influence sur de nombreuses familles fortunées qui s'en remettaient à lui pour qu'il les débarrasse d'un malheur encombrant.

À la Résidence, c'était un satrape dans son fief. Il suffisait qu'il passe dans les couloirs pour que le personnel et les patients s'arrêtent de respirer. Il n'avait pas besoin de parler pour que nous fassions selon ses désirs.

Il était persuadé que son établissement était d'avant-garde, un modèle pour le reste du monde. Son principe était simple : maintenir ses malades à l'abri de toutes les perturbations. Tout ce qui pouvait provoquer des émotions, un bouillonnement affectif quelconque, était banni. Aucune nouvelle ne devait filtrer de l'extérieur. Sinon très tardivement, et atténuée. Ni courrier, ni appels téléphoniques, ni TSF, surtout. Le personnel n'avait pas le droit d'évoquer devant nous le moindre événement récent. Pas de sorties non plus, ni de visites, ou alors rarement. Si l'interné avait des besoins affectifs, plutôt que de les satisfaire, on se chargeait de les réduire.

Si je m'ennuyais ? Pas du tout. On s'ennuie quand on ne peut obtenir les joies auxquelles on aspire. Dawwab traitait le mal à la source : il nous délestait de nos aspirations ! À longueur de journée, nous jouions aux cartes, ou au trictrac. En écoutant de la musique douce. Sans arrêt, de la musique douce, dans toutes les pièces, même la nuit. Nous pouvions également lire. Jamais des livres ou des journaux récents. Il avait fait l'acquisition d'une vieille bibliothèque, quelques dizaines d'ouvrages, en arabe et en français, ainsi que des vieilles collections de revues reliées. J'ai tout lu, tout, sans exception, certaines choses deux, trois, et même quatre fois...

Que faisions-nous encore ? Pas grand-chose. Des promenades ? Quelques pas dans le jardin, de temps à autre, jamais très loin, et sous surveillance... Et pourtant je dois avouer qu'assez vite, le « café » du matin aidant, je m'étais fait à ce régime.

Je vois que vos yeux s'écarquillent d'horreur. Détrompez-vous ! une telle existence est tentante. On peut imaginer mieux, certes, mais on peut imaginer bien pire. Pour des millions d'êtres, ce serait presque le paradis. Bien sûr, si l'on se demande : que suis-je en train de faire de ma vie ? on se rebelle. Mais justement, dans la Résidence, on ne se posait pas cette question. D'ailleurs, combien de gens à travers le monde se la posent, ne serait-ce qu'une fois durant leur existence ?

Pour moi, en ce temps-là, dans le trouble extrême où je m'égarais, cette nouvelle vie ne m'avait pas amené spontanément à la révolte. J'échappais à mes démons, à mes obsessions, à mes exaltations, et aux regards apitoyés des autres. Oui, je me faisais au régime de la Résidence, je me laissais engourdir, avec ce plaisir qu'éprouvent, dit-on, ceux qui s'endorment dans la neige pour ne plus se réveiller. J'aurais pu ne plus me réveiller.

Le monde extérieur m'effrayait et me dégoûtait.

Le monde extérieur était à présent le domaine de mon frère !

Il fut un temps où je croyais que le monde m'appartenait. Le combat contre le nazisme. Les espoirs d'après-guerre. Les foules qui venaient à mes conférences. Les voyous en prison. Et, serrée contre mon cœur innocent, la femme dont je rêvais. Rien ne me semblait impossible.

Ce temps-là était bien loin, à présent. Dehors, mon frère prospérait.

J'ai dit «dehors». C'était le vocabulaire de la clinique. «Dehors» était une entité mystérieuse, nous en parlions avec bien moins de nostalgie que de terreur. Même moi ? Oui, en un sens, même moi ; ce n'étaient pas seulement les autres pensionnaires qui redoutaient d'aller se perdre au-dehors. Je dis «en un sens», parce qu'il s'agit de savoir aussi de quel «moi» l'on parle ! D'Ossyane ? de Bakou ? La personne qui se trouvait dans la Résidence n'était plus moi, ou alors très partiellement. Je n'ai jamais pris, en toute lucidité, la décision de me résigner.

Cela dit, je comprends votre étonnement. Il est vrai que j'ai très peu résisté. Avec le recul, je sais bien pourquoi. Tout s'était compliqué dans ma vie. Je sentais bien que je ne pourrais plus poursuivre mes études. Elles avaient commencé brillamment, mais je n'avais plus jamais retrouvé la même capacité de concentration, ni le même enthousiasme. J'avais trente ans, et je traînais encore, mal détaché de ma vie antérieure, à la recherche d'un avenir improbable. Dès que j'avais eu mes premiers troubles mentaux, j'avais compris que je ne serais plus jamais capable de devenir médecin. J'évitais de trop y penser, mais cet échec me minait.

S'agissant de Clara, je savais que je ne pourrais la récupérer que si je retrouvais ma tranquillité d'esprit, une certaine sérénité dans le jugement et le comportement. Cela aussi me décourageait de faire des éclats, de me débattre comme un forcené. Tout allait mal dans ma vie, mais j'étais persuadé que tout irait plus mal encore si je m'entêtais.

J'ajouterai enfin que si j'avais malgré tout hésité entre résignation et révolte, les médicaments qu'on m'administrait auraient suffi à faire pencher la balance.

Je m'étais donc installé dans cette vieillesse prématurée. Il n'y avait plus en moi beaucoup d'impatience. Le temps défilait. Combien tout cela allait-il durer? Je n'avais en tête aucun délai précis. Quelques mois? Quelques années? C'était indéfini. Mais je pressentais aussi que je n'étais pas en cet endroit pour l'éternité. J'attendais quelque chose. Un signe, disons. Pour ne pas dire un miracle. C'était vague, mais cette part de moi qui vivait encore y croyait.

Et le miracle s'est produit. Ou, pour être plus précis, il s'est lentement mis en place. Pour l'essentiel, à mon insu. Longtemps je n'ai rien vu venir. Peut-être parce que le salut ne m'est pas venu de là où je l'attendais.

Samedi soir

— *À partir de demain, nous ne pourrons plus nous voir*, m'avertit Ossyane quand je revins à son hôtel samedi, après l'heure de la sieste.

— *Et si votre récit n'était pas encore terminé ?*

— *Je vous raconterai ce soir tout ce que j'aurai le temps de raconter, nous veillerons aussi tard que possible. Et s'il y a encore des choses à dire, eh bien, elles demeureront en suspens…*

— *Pour une autre fois, peut-être ?*

— *Ne perdons plus de temps*, dit-il, *je vais essayer d'aller vite…*

Un jour, mon frère est venu me prendre à la clinique. En fin de matinée. C'était ma première sortie en quatre ans. Non, je n'avais jamais mis les pieds dehors depuis mon internement. Et je ne recevais pas beaucoup de visites non plus. Salem venait une fois l'an, pour me demander si tout allait bien. Je disais « oui », et il repartait aussitôt.

Je voyais ma sœur un peu plus souvent. Elle avait l'habitude de passer l'été au Mont-Liban pour fuir la canicule d'Égypte, alors elle venait me voir, deux ou trois fois. Il me semble que, ces jours-là, on me doublait les doses d'abrutissants. Parce que je restais là, à la contempler, hébété ; elle avait beau me parler, me rappeler des souvenirs, m'interroger, je répondais par des monosyllabes. Alors elle s'en allait en s'essuyant les yeux.

Cette première sortie aurait dû être pour moi un événement. Mais je n'étais ni joyeux ni triste. Tout au plus intrigué, et encore, à peine ! Le directeur m'en avait averti au dernier moment, je n'avais rien changé à mes habitudes. J'étais en train de jouer aux cartes quand on m'avait appelé. J'avais cédé ma place à quelqu'un, et j'étais parti.

Un chauffeur m'avait ouvert la portière d'une grosse voiture noire et blanche. Salem était à l'intérieur. Plus aimable que d'ordinaire, il m'avait annoncé qu'il donnait à la maison un déjeuner important, et qu'il tenait à ce que j'y sois. Ce en quoi il mentait, une fois de plus. S'il y avait bien un déjeuner important, ce n'était pas lui qui s'était dit dans un accès de magnanimité : « Je devrais aller sortir mon frère de son asile… »

La vérité était autre. Salem était devenu l'un des hommes d'affaires les plus en vue dans le pays. Je ne le dis pas sans amertume, mais c'est ainsi… Le petit trafiquant d'hier était presque oublié. Changement de métier ? Changement d'échelle ? En tout cas, il brassait des millions, il était constamment entre deux avions, il s'était fait un nom, une respectabilité.

Notre maison, d'ailleurs, en portait les traces. Une fortune nouvelle était venue recouvrir l'ancienne. Le jardin, autrefois sauvage et hirsute, s'était couvert de gazon ras ; abattus les figuiers cactus de Barbarie qui étaient l'âme du paysage et qui semblaient nés en même temps que les pierres ; à peine survivaient encore quelques pins fatigués.

À l'intérieur, les vieux meubles rapportés d'Adana avaient disparu. Remplacés par des fauteuils à dorures, silhouettes de crapauds. Évacués aussi les tapis élimés par cent cinquante ans de pas. Seule ma chambre était telle quelle. Personne n'y entrait, même pour en chasser la poussière. Ce qui ne m'avait pas empêché de m'étendre sur mon lit et de m'endormir. Ces quelques minutes de trajet m'avaient épuisé.

On était venu me réveiller à l'arrivée des premiers convives. Je ne savais pas qui ils seraient. Je n'avais posé aucune question, et mon frère ne m'avait rien dit, sinon qu'il préférait m'en garder la surprise. Ils n'étaient pas nombreux, mais éminents. Au point que Salem avait loué les services d'un maître d'hôtel.

La première voiture arrivée fut celle de l'ambassadeur de France. Un membre de son gouvernement l'accompagnait. Oui, c'était Bertrand ! Enfin celui qui, dans la Résistance, était Bertrand.

Il avait souvent demandé de mes nouvelles, semble-t-il. Il avait écrit à Clara, qui lui avait dit le peu qu'elle savait. Puis à son ambassadeur. Celui-ci avait fait son enquête ; ayant ainsi appris où j'étais interné et ce que j'étais devenu, il avait déconseillé à son ministre de chercher à me voir.

Mais Bertrand savait insister. Ne voulant pas le contrarier, le diplomate avait alors conçu l'idée de ce déjeuner. Il avait supposé à juste titre que mon frère, en quête d'honneurs et de reconnaissance, ne pouvait qu'être alléché par la perspective de recevoir à sa table un ministre français. Or, seule ma présence pouvait justifier celle du ministre. Il aurait été impensable qu'un haut responsable, en visite officielle dans un pays étranger, aille dîner chez un particulier, surtout chez un homme d'affaires au passé douteux. En revanche, l'ancien chef d'un réseau de résistants pouvait parfaitement s'asseoir à la table d'un compagnon d'armes. Le temps d'un déjeuner, la maison Ketabdar était redevenue la mienne.

Une mascarade. Un troc odieux. Et une journée humiliante, surtout ; mais elle finira par m'être utile.

Pourquoi humiliante ? À cause du décalage... Vous allez comprendre.

Quand on était venu me sortir, ce jour-là, j'avais déjà à mon actif, si je puis dire, quatre années d'apaisement forcé. Le matin même, on m'avait fait boire l'irremplaçable breuvage. J'avais passé les dernières heures avec les autres pensionnaires, à taper la carte de nos gestes gourds. Nous vivions tous de la même manière, nous parlions, nous bougions au même rythme. Pour un observateur extérieur, cela devait ressembler à une scène au ralenti. Pathétique, ou comique. Pour nous, c'était l'existence ordinaire.

Or, à midi, je m'étais retrouvé à table avec une dizaine de personnes qui vivaient, elles, au rythme du monde réel. Il y avait des gens de l'ambassade, deux directeurs de journaux, un banquier... Ils parlaient tous très vite, beaucoup trop vite pour moi, ils prononçaient des noms qui ne me disaient rien, Panmunjom, McCarthy, RFA, Mossadegh ; commentaient des événements dont je n'avais jamais entendu parler ; riaient de choses qui ne me disaient rien. Bertrand, tout le temps, me regardait. Au début avec joie. Puis avec étonnement. Puis avec tristesse. Je ne faisais rien d'autre que manger, les yeux dans mon assiette.

Il s'était adressé à moi deux ou trois fois ; le temps de m'en apercevoir, le temps de saisir ce qu'il avait voulu dire, le temps de poser ma fourchette, le temps de préparer dans ma tête une réponse… Avant même que j'aie commencé à articuler, les autres, gênés du silence, avaient détourné la conversation. Dieu, quelle humiliation ! J'avais envie de tomber raide mort !

Et puis, vers la fin du repas, j'avais tenté de me ressaisir. Rassemblant toute ma tête, j'avais formé une phrase, je m'étais promis de la prononcer du plus vite que je pouvais. J'attendais une plage de silence. Elle n'est jamais arrivée. Ou alors je n'ai pas su en profiter à temps. Déjà l'ambassadeur, regardant sa montre, prévenait Bertrand du prochain rendez-vous.

Tout le monde s'était levé. Moi, je bougeais à mon rythme. Ils avaient tous quitté la salle à manger et se dirigeaient vers la porte. Quand je venais tout juste de me soulever, lourdement appuyé sur la table. Dire que je n'avais pas encore trente-trois ans !

Et soudain, Bertrand fait demi-tour, comme pris de remords. Il revient vers moi, m'entoure de ses bras, me serre contre lui. Un long moment. Comme pour me donner le temps de parler. C'était pour moi l'occasion de lui dire tout ce que je n'avais pas su exprimer à table, tout ce qui bouillonnait en moi, là dans ma poitrine, dans ma gorge, là au seuil de mes lèvres, tout ce que je désirais qu'il comprenne enfin…

Je n'ai rien dit. Pas le moindre mot. Un peu l'émotion, un peu la surprise de le voir revenir ainsi vers moi ; et puis tous les autres que je voyais par-delà son épaule, qui attendaient. Eh bien, cette fois encore, j'ai été incapable de desserrer les dents. Je sentais bien que c'était important, je sentais bien que ce pouvait être ma seule chance de renouer avec le monde des vivants. Mais peut-être parce que l'enjeu était aussi vital, il me paralysait.

Incapable de parler, donc, mais au dernier moment, je parviens tout de même à me dépêtrer un peu de mes cordages invisibles, juste un petit peu, juste de quoi ébaucher un geste d'humain. Retenant la main de Bertrand dans la mienne pour l'empêcher de partir, je cherche dans ma poche une photo. Celle de ma fille, que Clara m'avait envoyée. Oui, cette photo de nouveau-née qui ressemble à tous les nouveau-nés du monde, je la lui montre, puis la retourne pour qu'il puisse lire le nom : Nadia. Il hoche la tête, me tapote sur l'épaule, marmonne quelque chose, puis il repart. Dans ses yeux la tristesse, la pitié, et la hâte de s'éloigner.

Est-ce qu'il avait compris que c'était un appel à l'aide ? Non, il n'avait rien compris. Si j'avais voulu lui dire quelque chose, j'en aurais eu le temps. J'aurais pu le faire discrètement, bien plus discrètement que ce geste de retirer une vieille photo de ma poche pour la lui montrer. Ce que j'avais vu dans ses yeux lorsqu'il s'était éloigné, c'est tout ce qu'il y avait à voir. La tristesse, la pitié. Je sais à présent que lorsqu'il a écrit à Clara dès son retour en France, c'était presque un faire-part. Il lui annonçait que le malheureux Bakou était si diminué qu'il en était méconnaissable, que le jeune homme qu'elle avait connu, qu'il avait connu, le Gavroche du réseau Liberté !, n'existait plus. Qu'elle devait l'oublier, refaire sa vie. Il n'avait même pas cru utile de mentionner mon geste de la fin. À quoi bon, s'était-il dit, mieux vaut qu'elle garde l'image de ce jeune homme vif et aimant, plutôt que celui d'un être pitoyable, précocement sénile.

Moi-même, en me faisant raccompagner à l'asile par le chauffeur de mon frère, j'étais anéanti. J'avais laissé passer toutes les occasions. Salem, quant à lui, devait jubiler. Le soupçonnait-on de m'avoir séquestré ? Il avait donné la preuve de sa bonne foi, il m'avait laissé venir librement, assister au déjeuner, parler si l'on peut dire avec les convives, même en aparté, chacun avait pu constater que mon état mental était déplorable, et que ma présence dans une institution spécialisée n'était pas injustifiée, ni la tutelle légale qu'il exerçait sur ma part d'héritage…

Mon frère avait également réussi, par ce déjeuner, à se laver d'une autre salissure, beaucoup moins hypothétique, qui s'attachait à lui : la vieille condamnation pour contrebande qui l'avait conduit en prison. Il avait déjà acquis, avec la fortune, une bonne dose de respectabilité, – la respectabilité est une femme vénale, vous n'en doutez pas, j'espère… Cette fois, la réhabilitation était totale : si les Français eux-mêmes, qui l'avaient condamné dix ans plus tôt, acceptaient à présent que leur ambassadeur et leur ministre aillent déjeuner chez lui, c'est qu'ils devaient être persuadés de son innocence, qui pourrait prétendre le contraire ?

Ce repas, qui était censé préluder à ma délivrance, n'avait donc été qu'une étape de plus dans l'ascension de mon frère. Je suppose que bien des gens devaient se demander alors comment, de la même maison, du même ventre, avaient pu sortir à la fois cet homme remarquable, et puis cet autre, moi, une loque… Ceux qui connaissaient mon sort devaient éviter d'en faire mention, par égard pour le haut personnage dont la fierté aurait souffert d'une telle tare dans sa famille ; mais la plupart avaient oublié jusqu'à mon existence. On m'avait déjà enterré sans prières.

205

Et pas seulement les étrangers! Même les proches! Une seule personne aurait pu faire quelque chose pour moi, ma sœur. Personne d'autre. Mon grand-père Noubar et ma grand-mère étaient morts peu après leur arrivée en Amérique; leur fils, Aram, parti du pays dans des conditions humiliantes, n'avait plus voulu renouer avec sa famille, ou ce qu'il en restait.

Qui d'autre? Mes compagnons de la Résistance? Ceux qui m'avaient connu avaient dû apprendre par Bertrand ce que j'étais devenu, ils avaient été attristés, je suppose, puis ils avaient oublié. Comment leur en vouloir? Je n'étais, après tout, pas le premier de leurs jeunes camarades à s'écrouler ainsi sans raison apparente au lendemain de la victoire... La guerre a parfois de ces arrière-saisons!

Qui d'autre? Clara? Les premiers temps, elle m'avait écrit, me dit-on, quelques lettres, que je n'ai jamais reçues. Elle avait également fait parvenir un message à ma sœur, qui lui avait répondu en lui déconseillant de chercher à me rencontrer. Pourquoi? Iffett ne voulait pas que ma femme me voie dans l'état où elle-même me voyait lors de ses visites d'été. Se déplacer entre Haïfa et Beyrouth relevait désormais de l'impossible, il fallait obtenir des faux papiers, se ménager des complicités, on devenait suspect aux yeux des Arabes comme aux yeux d'Israël... Ma sœur se disait que si Clara bravait tous ces obstacles, en laissant sa fille derrière elle, ou, pire, en l'entraînant dans cette aventure, et qu'elle se retrouvait au bout du voyage face à ce légume haletant, traînaillant, incapable de parler, incapable de réagir, elle serait découragée pour toujours. Ne valait-il pas mieux attendre un meilleur moment, que je recommence au moins à donner quelques signes d'éveil? Alors, peut-être, le choc que constituerait la rencontre avec Clara et Nadia pourrait s'avérer salutaire.

À l'époque, ma sœur espérait encore que mon état s'améliorerait. Mais à chaque visite qu'elle me rendait, elle y croyait un peu moins. Et un jour, elle a cessé d'y croire. Au pire moment, quand j'avais justement commencé à l'attendre. Mais je ne lui en veux pas, et à Clara non plus, comment auraient-elles pu deviner que j'étais prisonnier en moi-même, enterré vif? je n'avais pas appelé au secours.

Le soir même de ce lamentable déjeuner, dési-reux de rattraper mon erreur et n'ayant plus aucune confiance en ma capacité à parler, j'avais fait l'effort d'écrire sur un bout de papier cette simple phrase : « Je désire sortir d'ici et reprendre une vie normale. » Un appel à l'aide que je regret-tais à présent de n'avoir pas su communiquer à Bertrand, et que je m'apprêtais à donner en main propre à Iffett quand elle viendrait me voir, l'été suivant. Je gardais constamment ce papier dans la poche, avec la photo de Nadia.

Si je m'étais imposé de l'écrire, ce n'était pas seulement de peur que les mots ne me viennent plus aux lèvres le jour où j'en aurais besoin. C'était aussi parce que je risquais de ne plus être dans les mêmes dispositions d'esprit. J'avais besoin de recueillir le peu de rage qui s'était condensé en moi, comme certaines personnes perdues dans le désert et menacées par la soif recueillent parfois goutte à goutte la rosée qui s'accumule sur les feuilles et les pétales pour la boire. La rage, l'in-dignation, les rares hoquets de révolte, c'était devenu pour moi comme un carburant précieux pour la survie de ma dignité engourdie.

Cet été-là, ma sœur n'est pas venue passer ses vacances dans la Montagne. Ni l'été suivant. Je ne l'ai plus jamais revue.

Salem m'a dit un jour que notre beau-frère Mahmoud avait eu des ennuis avec les autorités en Égypte, qu'il avait été arrêté pendant huit mois, avec quelques autres banquiers, et que, meurtri et désabusé, il avait décidé de s'exiler le plus loin possible du Proche-Orient. À Melbourne, en Australie.

Mais je soupçonne aussi autre chose. Sinon, ma sœur serait au moins venue nous dire adieu. Il me semble que mon frère, par quelque manigance, a dépossédé Iffett de sa part d'héritage. Je n'ai pas de preuves, sinon celles du cœur. Et quelques vagues indices reniflés çà et là. Mais évitons, n'est-ce pas, de parler de choses sordides !

Peut-être ma sœur aurait-elle tout de même fait le voyage pour me voir si je m'étais montré capable d'apprécier ses visites ; mais si c'était pour écouter mes monosyllabes et repartir en larmes, à quoi bon prendre le bateau ou l'avion depuis l'Australie !

Toujours est-il qu'elle n'est plus jamais revenue. À l'approche de l'été, je l'attendais quand même. Mais en y croyant chaque année un peu moins. Mon dernier espoir s'évanouissait...

Si j'ai tout de même survécu, c'est parce qu'il

faut une certaine volonté pour ne plus survivre. Je n'avais même plus cette volonté-là. Même plus la volonté ou la force de tendre la main à la mort. Subtiliser quelque flacon de médicament, courir jusqu'aux escaliers, monter sur le toit, sauter dans le vide… Il n'y avait que deux étages, mais avec un peu de chance, je me serais fracassé…

Je ne devrais pas dire cela. Ma chance, ce fut au contraire de n'avoir pas eu la force d'en finir quand je croyais le dernier espoir balayé. Même quand on ne voit pas de lumière au bout du tunnel, il faut continuer à croire qu'il y a une lumière, et qu'elle apparaîtra.

Certains patientent parce qu'ils gardent foi en l'avenir. D'autres parce qu'il leur manque le courage d'en finir. La lâcheté est sans doute méprisable, elle appartient néanmoins au règne de la vie. Elle est un instrument de survie, comme la résignation.

Mais j'ai tort de parler ainsi de la lâcheté et de la résignation comme si elles seules m'avaient maintenu en vie. Il y a eu Lobo. C'était l'un des pensionnaires de la Résidence, nous bavardions souvent ensemble, il était devenu l'ami indispensable, le seul. Je reparlerai de lui dans un moment, il a compté pour moi pendant des années plus qu'aucune autre personne. Mais j'aimerais d'abord raconter comment il m'a dissuadé de mourir.

Ce n'était pas facile pour moi d'évoquer mes velléités de suicide. Il régnait à la Résidence une telle atmosphère de délation infantile! J'avais l'impression que si l'on me soupçonnait de vouloir me supprimer on me ligoterait au lit toutes les nuits… Mais Lobo, peut-être parce qu'il se doutait de quelque chose et qu'il voulait m'inciter à lui en parler, m'avait confié un jour qu'il avait plus d'une fois songé à «en finir». Quand je lui avais appris qu'il en était de même pour moi, il m'avait sermonné du haut des vingt ans d'âge – et des vingt ans d'asile – qui nous séparaient :

«Tu dois considérer la mort comme une ultime issue de secours. Sache que personne ne peut t'empêcher d'y recourir, mais justement, parce qu'elle t'est accessible, garde-la en réserve, indéfiniment. Supposons que tu fasses un cauchemar, la nuit. Si tu sais que c'est bien un cauchemar, et qu'il suffirait de secouer un peu la tête pour en sortir, tout devient plus simple, plus supportable, et tu finis même par trouver du plaisir dans ce qui te paraissait le plus effrayant. Que la vie te fasse peur, qu'elle te fasse mal, que les êtres les plus proches se couvrent de masques hideux... Dis-toi que c'est la vie, dis-toi que c'est un jeu auquel tu ne seras pas convié une deuxième fois, un jeu de plaisirs et de souffrances, un jeu de croyances et de tromperies, un jeu de masques, joue-le jusqu'au bout, en acteur ou en observateur, en observateur de préférence, il sera toujours temps d'en sortir. Moi, "l'issue de secours" m'aide à vivre. Parce qu'elle est à ma disposition, je sais que je ne l'utiliserai pas. Mais si je n'avais pas la main sur la manette de l'au-delà, je me sentirais piégé, et j'aurais envie de m'enfuir au plus vite!»

Lobo n'était pas plus malade que le commun des hommes. Il avait seulement, comme on dit, des «mœurs spéciales», et sa famille, soit par désir de l'en «guérir», soit simplement pour se préserver des scandales, avait choisi de l'interner. Il avait passé dans diverses institutions l'essentiel de sa vie d'adulte, il en était à la quatrième ou à la cinquième, je crois, et il avait dû traverser toutes sortes d'épreuves. Un médecin avait même décidé un jour de le lobotomiser «pour lui ôter ses mauvais penchants». Fort heureusement, sa mère était intervenue en un sursaut de raison ou d'instinct pour l'empêcher. Il lui était resté de cette odieuse aventure son surnom, Lobo, dont il s'était affublé lui-même, je crois, par dérision... Il regardait tout ce qui l'entourait, et sa vie, et son passé, avec un infini détachement.

À la Résidence, il avait un statut à part. On lui avait installé un piano dans sa chambre; il passait parfois la journée entière en pantoufles, une écharpe de soie verte nouée autour du cou, à jouer de mémoire, ou à bavarder avec moi, sans décoller de son tabouret; et, au contraire de nous autres, il pouvait recevoir appels téléphoniques et courrier... Il est vrai que personne n'a jamais pensé qu'il était fou.

C'est lui qui est venu m'annoncer, un jour, qu'à la faveur d'un remaniement, mon frère avait été nommé ministre. Parfaitement, ministre! Lobo savait que j'en serais estomaqué, – j'avais déjà eu l'occasion de lui raconter dans le détail quel individu était Salem. Il s'était donc assuré que j'avais bien avalé tout mon «café» ce matin-là avant de m'assener la nouvelle.

J'étais demeuré hébété, je veux dire plus que de coutume, car l'hébétement était alors mon état naturel. Aussi Lobo m'avait-il consolé à sa manière:

«Ce qui arrive ne devrait pas t'étonner, Ossyane. Dis-toi bien que ton frère aura toujours sur toi un avantage irrattrapable.»

«Lequel?» avais-je demandé.

«Lui est le frère d'un ancien résistant; alors

que toi, tu n'es que le frère d'un ancien contre-bandier. »

J'avais ri. Et l'amertume était passée.

Ainsi, pendant que mon frère prospérait, qu'il gagnait en fortune et en notoriété, moi je m'enfonçais, en gardant aux lèvres le sourire des béats... Les années passaient, et cela faisait longtemps, très longtemps, que je n'espérais plus.

Quand, soudain, les choses se sont mises à bouger. Le Préposé à la Providence venait de retirer d'un tiroir poussiéreux le dossier de ma vie pour y jeter un nouveau coup d'œil, plus bienveillant...

L'instrument de la Providence, comme l'on dit, ne fut autre que ma fille, Nadia. Fraîchement débarquée à Paris pour s'y inscrire à l'université.

Oui, Nadia. Moi aussi j'en étais resté à son image de nouveau-née, mais elle avait presque vingt ans, déjà. Et bouillonnait de mille révoltes. Notre Levant où les guerres succédaient aux guerres l'avait déjà lassée. Elle avait hâte de s'en éloigner.

N'ayant pu la retenir auprès d'elle, peu rassurée de la voir partir seule, Clara lui avait fait promettre d'entrer en contact avec quelques vieux amis de l'époque héroïque. C'est ainsi qu'elle s'était rendue chez Bertrand. Il n'était plus ministre, je crois, mais il demeurait un homme influent, et surtout, bien sûr, une grande figure de la Résistance.

Intimidée par le personnage, qui la recevait dans un salon cossu, dans des fauteuils où elle s'enfonçait, et qui la dévisageait avec un faible sourire, ma fille avait cru qu'elle devait justifier sa présence. En réalité, Bertrand cherchait à deviner sur son visage les traits mêlés de ses parents.

«Ma mère m'a incitée à venir vous voir. Je crois que vous l'avez connue pendant la guerre…»

«Ainsi, tu es Nadia. Nadia Ketabdar. J'ai connu ta mère, bien sûr, et aussi ton père, ils ont été tous les deux admirables sous l'Occupation. Deux merveilleux camarades. Deux amis inoubliables.»

Bertrand avait senti un trouble au moment où il disait : «Ton père.» Comme un éclair, vite balayé. Alors il avait pris le temps de parler de moi. De notre rencontre à Montpellier, de nos discussions, de nos luttes, de nos frayeurs, des exploits de Bakou, Bakou l'insaisissable. Nadia était accrochée à ses lèvres. Elle connaissait certaines choses, par sa mère, mais il y en avait bien d'autres qu'elle ne connaissait pas. Elle imaginait mieux à présent ce jeune homme qui allait devenir son père.

Puis Bertrand avait évoqué plus rapidement ma maladie, mon internement. Alors seulement avait refait surface dans son esprit cette bouteille que j'avais jetée à la mer : il avait raconté à ma fille, dans le détail, l'épisode de la photo que j'avais sortie de ma poche à la fin de cet infâme déjeuner. Et cet épisode, qui lui avait paru jusqu'alors pitoyable et dérisoire, au point qu'il s'était dispensé d'en parler à Clara, au point qu'il l'avait évacué de sa mémoire pour ne pas garder une si triste image de son ami… Cet épisode, donc, revêtait soudain pour lui une tout autre signification à présent que cette jeune fille était là, devant lui, s'apprêtant à faire ses premiers pas dans la vie adulte, et déjà orpheline de ce père non mort.

Nadia était en larmes. Jusque-là, j'avais seulement fait partie de sa généalogie ; désormais, je faisais partie de sa chair.

Ce message qui lui était destiné, et qui lui était parvenu si tard, lui apparaissait comme le dernier geste d'un noyé. Elle se demandait ce que j'étais devenu depuis, et si quelque chose pouvait être entrepris pour me sortir de l'eau.

Quand elle avait pris congé de Bertrand, il l'avait regardée s'éloigner avec appréhension. Elle n'avait plus sa démarche d'adolescente.

Moi, cet après-midi-là, je devais être en train de jouer ma dix-huitième partie de cartes de la journée avec un trio de pensionnaires tricheurs.

Cet homme malade qui portait contre son cœur, comme un talisman, sa photo à elle, comment Nadia aurait-elle pu s'arrêter d'y penser ? Cet aliéné – si, si, pourquoi aurais-je peur des mots ? – cet aliéné qui montrait sa photo à son meilleur ami, comme une image sainte ! Un minois de nouveau-née, la grave gaieté du monde !

Pour ma fille, à son âge, tout ce qu'elle pouvait porter en elle d'idéal, d'élan, de rêve, tout, à présent, convergeait vers ce jeune vieillard interné. « Mais c'est mon père, répétait-elle à sa compagne de chambrée, à la Cité universitaire. Ce n'est pas un étranger, c'est mon père, la moitié de mes cellules vient de lui, la moitié de mon sang, la couleur de mes yeux, la forme de mon menton. Mon père. » Elle aimait la saveur de ce mot.

Et si ce père, au lieu d'être un gros fauve protecteur, se trouvait être une bête chétive, traquée, blessée, abandonnée ? Et si sa fille, au lieu d'être sa protégée, devenait sa protectrice maternelle ?

Nadia songeait à moi avec les attendrissements de son âge. Mais ses rêves ne s'arrêtaient pas là. Elle cherchait un moyen de parvenir jusqu'à moi, de me faire signe. En réponse, quinze ou seize ans plus tard, au signe que je lui avais adressé.

Retrouver ce père, le délivrer, c'était devenu une idée fixe.

Même s'il était abîmé par son internement, par

les médicaments, au point d'en être devenu irré-cupérable ?

Cette question, elle ne se la posait pas. Et c'était un aveuglement salutaire.

Si elle en avait parlé à sa mère ? Pas un mot. Leurs rapports n'étaient pas excellents, à cette étape de leur vie. Clara possède une personnalité imposante, avec un passé ; Nadia avait besoin de vivre sa propre aventure, de conduire sa propre résistance. Là justement où sa mère avait jeté l'éponge…

À Bertrand non plus elle n'en avait pas reparlé, pas tout de suite. Elle tenait à agir seule. C'était son aventure, c'était son combat. C'était son père.

Elle avait eu raison, d'ailleurs, de ne pas ébruiter son projet. Il était si rocambolesque que ni Clara ni Bertrand ne l'auraient laissée le poursuivre.

Elle ne s'en était ouverte, comme je l'ai appris plus tard, qu'à cette amie qui partageait sa chambre d'étudiante. Elle se prénommait Christine, et son nom de famille était celui d'un grand joaillier parisien.

Nadia lui aurait proposé de faire un échange, une substitution. Les deux jeunes filles se ressemblaient. Suffisamment pour que, sur des photos d'identité, on puisse les confondre. Par un pro-cédé digne de Jacques-des-faux-papiers, Christine était allée faire établir un nouveau passeport munie des photos de Nadia, le fonctionnaire de la préfecture n'y avait vu que du feu. Ma fille dispo-sait désormais d'un passeport au nom de Chris-tine, mais avec sa propre photo, elle pouvait enjamber les frontières sans que personne puisse soupçonner son vrai nom, sa nationalité, ou sa ville natale. Quant à son amie, en rupture de ban avec sa famille, cela l'amusait de se défaire pour quelque temps d'un patronyme étouffant pour assumer l'identité d'une fille à la fois musulmane et juive.

Oui, parfaitement, musulmane et juive ! Moi, son père, je suis musulman, du moins sur le papier ; sa mère est juive, du moins en théorie. Chez nous, la religion se transmet par le père ; chez les juifs, par la mère. Nadia était donc musulmane aux yeux des musulmans, et juive au yeux des juifs ; à ses propres yeux, elle aurait pu choisir d'être l'un ou l'autre, ou aucun des deux ; elle avait voulu être les deux à la fois... Oui, les deux à la fois, et bien d'autres choses encore. Elle était fière de toutes ces lignées qui avaient abouti jusqu'à elle, chemins de conquête ou de fuite en provenance d'Asie centrale, d'Anatolie, d'Ukraine, d'Arabie, de Bessarabie, d'Arménie, de Bavière... Elle n'avait aucune envie de faire le tri de ses gouttes de sang, de ses parcelles d'âme !

C'était en soixante-huit. Un printemps exaltant pour les étudiants de France, m'a-t-on dit. Mais Nadia ne songeait qu'à partir. Vers ce Levant que pourtant elle abominait. Elle s'était procuré visa, billet d'avion et réservation d'hôtel, le tout au nom de son amie.

Le lendemain même de son arrivée à Beyrouth, elle se rend en taxi à la Résidence du Chemin neuf. Elle n'avait aucun moyen de savoir si j'y étais encore, mais elle avait présumé que je n'avais pas bougé.

Reçue dans le bureau du directeur, elle décline

son faux nom. Inévitablement, Dawwab lui demande si elle appartient à l'illustre famille de bijoutiers. Elle dit « oui » avec le détachement qu'il faut, ni trop, ni trop peu. Comme faisait Christine quand on lui posait la même question.

« Justement, ajoute ma fille, c'est un peu de la famille qu'il s'agit. C'est délicat à dire, mais je préfère aller droit au but.

« L'une de mes tantes a vécu au Liban, il y a quelques années, et elle a entendu beaucoup d'éloges concernant votre institution. C'est elle qui m'a recommandé de venir vous voir. Au sujet de mon père. Il a depuis plusieurs années des... des problèmes mentaux assez graves, il est suivi par des spécialistes... »

« Qui par exemple ? »

Nadia avait bien préparé l'entrevue, elle prononce quelques noms prestigieux. Le directeur approuve de la tête et l'invite à poursuivre.

« Nous pensons qu'un séjour à l'étranger ferait du bien à mon père. Comme à toute la famille. Nous sommes des gens connus, vous savez, et la réputation de notre Maison en souffre. Lui-même en est conscient. Je ne lui ai pas encore parlé de l'idée de le faire soigner ici, mais je pense qu'il n'y verrait pas d'objection si l'établissement lui convenait. J'ai l'impression qu'il y a chez vous tout ce qu'il peut désirer : le soleil, un cadre apaisant, la qualité des soins. Je viens donc un peu en éclaireuse pour voir dans quel environnement il serait. Avant de prendre la décision finale, il faudra peut-être que vous veniez le voir vous-même, à Paris. À nos frais, bien sûr... »

Le poisson était ferré ! Tout sucre, le docteur Dawwab propose de faire faire à la riche héritière le tour de son institution modèle.

Il commence par le jardin, une petite promenade pour se faire une idée. La vue sur la montagne, sur la mer toute proche. L'équipement médical, d'autant plus neuf qu'il servait rarement. Puis les chambres. Celle de Lobo, qui était à son piano. Ensuite la grande salle ornée de plantes vertes, où les pensionnaires, peu habitués à ce genre de visites, en laissent tomber leurs inévitables jeux de cartes pour s'approcher de la visiteuse.

« Ne craignez rien, lui dit Dawwab, ils ne vous feront aucun mal ! »

Nadia le rassure. Elle s'efforce à garder cet air un peu pincé d'inspectrice minutieuse. Regardant à gauche, à droite, en haut, en bas, comme pour vérifier s'il n'y a pas, dans cette salle trop propre, quelque poussière dans les coins. En fait, on imagine bien quels sentiments l'agitent, alors que de ses yeux elle cherche, dans cet attroupement d'aliénés, le père qu'elle n'a jamais encore rencontré.

Ce jour-là, je ne jouais pas aux cartes, ni aux dames ni au trictrac ni à rien d'autre. J'avais un peu bavardé, nonchalamment, avec Lobo, puis il était allé à son piano, et moi j'avais pris un livre. Je m'y étais plongé, et quand la visiteuse était arrivée, et qu'il y avait eu ce remue-ménage, je ne m'étais pas approché avec les autres. J'avais seulement relevé la tête, au bout d'un moment, sans bouger de ma place. Pour voir l'inconnue.

Nos regards s'étaient croisés. Qui cette jeune fille pouvait bien être ? je n'en avais pas la moindre idée. Elle, cependant, m'avait reconnu. J'étais comme sur les vieilles photos. Ses yeux s'étaient figés. Les miens aussi, mais seulement parce que j'étais intrigué. Et même un peu agacé par cette étrangère qui venait nous observer comme si nous étions des poissons d'aquarium.

Je devais arborer une moue explicite, ce qui avait fait dire à Dawwab, avec un petit rire, comme pour s'excuser :

« Nous l'avons dérangé dans sa lecture ! »

En même temps, il me fusillait du regard.

Puis il avait ajouté :

« Ce monsieur-là ne fait que lire, du matin au soir. C'est sa passion. »

Ce n'était pas l'exacte vérité, il avait un peu enjolivé les choses, histoire de rehausser le prestige intellectuel de l'établissement.

« Si c'est ainsi, dit alors Nadia, je vais lui offrir ce livre. Je viens tout juste de le terminer. »

Tout en ouvrant son sac à main, elle se dirige vers moi.

« Ce n'est pas la peine », dit le directeur…

Mais elle est déjà près de moi. Je la vois glisser quelque chose dans le livre, avant de me le tendre.

Puis elle revient vers Dawwab, qui grimace un sourire. Moi, tout étonné encore, j'ouvre machinalement le livre. Je n'ai même pas le loisir d'en lire le titre. En haut, à droite, au-dessus du nom de l'auteur, est écrit, au crayon, le nom de la propriétaire. Nadia K.

À l'instant, je me lève. Je la regarde d'un drôle d'air ; je viens de découvrir, en son visage, les traits qui me rappellent Clara. Je sais à cet instant, sans l'ombre d'un doute, que la personne qui est là est ma fille. Et je sens que Dawwab ignore son identité. Je vais donc vers elle, en me promettant de ne pas la trahir. Mais elle, qui me voit avancer comme un automate, prend peur. Elle comprend que je l'ai reconnue, et elle craint que je ne fasse écrouler tout son échafaudage.

Moi j'arrive jusqu'à elle, et je dis «Merci!» en désignant le livre.

Je lui tends la main, qu'elle saisit, et que je secoue en répétant «Merci!», «Merci!», «Merci!», sans pouvoir m'interrompre.

«Votre cadeau l'a touché», traduit le directeur avec un rire nerveux.

Je m'approche encore de Nadia pour l'embrasser.

«Maintenant, ça suffit, vous passez les bornes!» hurle l'homme.

Mais Nadia, qui bataille pour garder son sang-froid, lui lance:

«Laissez-le, il n'y a pas de mal!»

Alors je la serre contre moi. Un court instant. Je sens son odeur. Mais déjà Dawwab nous sépare.

Et elle, déterminée à ne pas compromettre sa mission par une débauche de sensiblerie, s'écarte de moi en disant:

«Il est touchant, ce monsieur.»

Puis elle ajoute – il fallait du culot! – à l'adresse du médecin:

«Mon père aussi est un passionné de lecture. Je vais lui raconter ce qui s'est passé. Je suis sûre qu'il s'entendra bien avec ce patient!»

En fait, elle redoute surtout que cet individu ne veuille me punir pour mon comportement, et qu'il cherche par exemple à me confisquer le livre... Aussi n'hésite-t-elle pas à insister, préten-dant – comme je l'ai su plus tard – que cette scène émouvante avait balayé ses dernières hésitations, et qu'à présent elle était sûre qu'aucune institu-tion ne conviendrait mieux à son père. Son père le bijoutier, s'entend...

Dawwab était ravi. Et moi j'étais sauvé, ainsi que mon livre... Et la lettre qu'elle y avait glissée.

Je m'étais dépêché d'ailleurs de la dissimuler sous mes habits. Je m'étais rendu aux toilettes, et j'avais également déchiré la première page du livre. Prudence, prudence... Sur l'enveloppe, il y avait mon nom, Nadia ne pensait certainement pas qu'elle aurait l'occasion de me la donner en main propre, tout au mieux l'aurait-elle confiée à quelque patient d'allure rassurante, dans l'espoir qu'il me la transmettrait.

Ce que disait la lettre ? Les quelques paroles dont j'avais besoin pour retrouver le goût de vivre.

« Père,

» Je suis cette fille née en ton absence, cette enfant dont tu gardais la photo contre ton cœur, mais qui a finalement grandi loin de toi. Loin ? Seuls nous séparent en vérité quelques kilomètres d'une superbe route côtière, mais une maudite frontière s'est dressée, et la haine, et l'incompréhension. Et aussi le manque d'imagination.

» Avant ma naissance, ma mère et toi aviez dû faire face à la guerre et à la haine. Celle-ci paraissait toute-puissante, mais des gens comme elle et toi se sont dressés, et ils ont fini par gagner. La vie trouve toujours sa voie ; comme un fleuve détourné de son lit en creuse toujours un autre.

» Vous vous étiez dressés, ma mère et toi, et tous les autres, vous aviez pris des noms de guerre pour leurrer le destin. Moi, mon combat n'est pas aussi spectaculaire, mais c'est mon combat et je le mènerai à bien. À mon tour j'ai pris un nom de guerre pour passer les barrières. Pour venir te voir, et te dire simplement : "Sache qu'il y a au-dehors une fille, ta fille, pour qui tu comptes plus que tout au monde, et qui attend avec impatience le moment de te retrouver." »

Ces mots simples m'ont transformé à l'instant même où je les lisais. Ils m'ont redonné ma dignité d'homme et de père, et le goût de survivre. Je ne me contentais plus d'étirer les heures qui me séparaient d'un lendemain sans surprise. J'avais un amour en attente. Si ma personne ne m'était plus d'aucune utilité, pour Nadia je la conserverais, je l'embellirais. J'avais pour ma fille un amour d'adolescent. Pour elle je voulais désormais ramener à la vie, à la liberté, le Bakou qu'on avait pu autrefois aimer et admirer, je voulais redevenir, pour elle, un père au bras duquel elle serait fière de se promener.

Cela dit, il ne suffisait pas que je veuille me réconcilier avec la vie pour que cette réconciliation se fasse. Ce n'est pas comme si un homme avait songé à se tuer, que sa fille était venue le prendre par la main en lui disant : « Père, cette vie dont tu ne veux plus, garde-la, ne serait-ce que pour moi ! », et qu'il se soit promis de renoncer à ses projets de suicide. La chose était plus compliquée. Bien sûr, je comprenais ce qui m'arrivait, et j'en étais heureux. Seulement, je voyais tout cela au travers d'un brouillard. Celui de mon esprit embrumé. Embrumé et encrassé par vingt ans d'internement, vingt ans d'aliénation, certes forcée, mais tout de même acceptée, avec résignation. Vingt ans de substances débilitantes, avalées en quantité chaque matin. Vingt ans de volonté rabougrie ! Vingt ans de pensée et de parole ralenties, engourdies.

Encore une fois, il ne s'agissait pas uniquement de renoncer à mourir ; se trouver au bord du précipice puis, au moment de sauter, faire un pas en arrière et tenir en tremblant la main chaude qui s'est tendue. Ce n'était pas aussi simple. Si je reprends la même image, je dirais que j'étais au bord du précipice, non sur la terre ferme mais à l'extrémité d'une étroite corniche de pierre, en ayant bu une bouteille de whisky. Il ne suffisait pas que je décide de revenir en arrière, car, dans mon état, je pouvais tout aussi bien tomber dans le précipice en croyant marcher vers le salut. Je devais d'abord me dessoûler, retrouver une vision claire, des pensées limpides, de manière à savoir où je posais chacun de mes pas...

Voilà pour ce qui me concernait, moi. Or, il n'y avait pas que moi. Il y avait aussi ceux qui m'avaient interné. Mon frère, qui n'avait pas envie que je puisse récupérer la maison Ketabdar et ma part d'héritage ; et aussi Dawwab, pour qui j'étais à la fois une source de revenus et un outil d'influence... Il s'agissait de ne pas éveiller leurs soupçons tant que j'étais en leur pouvoir. Je devais faire preuve d'une extrême prudence.

Un exemple, tenez : les médicaments dans le café du matin, il était important que je puisse m'en défaire pour retrouver ma lucidité. Il fallait ruser, mais la surveillance n'était pas stricte tous les jours ; avec un brin de volonté, et de la suite dans les idées, je pouvais y arriver. Seulement, si j'avais brusquement cessé de les prendre, je serais allé à la catastrophe. Dans les quarante-huit heures, j'aurais donné tant de signes d'extrême nervosité que je me serais trahi ; le médecin aurait décidé de m'administrer les mêmes abrutissants par injection ; et on m'aurait surveillé désormais de plus près.

La seule attitude raisonnable, c'était de diminuer très progressivement les doses. J'avais remarqué que dans le « café » du matin, le goût médicamenteux était plus fort dans les dernières gorgées. J'ai donc acquis une certaine technique pour garder en bouche le fond de tasse, que j'allais cracher un peu plus tard dans le lavabo en faisant ma toilette. Au bout de quelques semaines, j'allais mieux. Tout en demeurant calme, j'avais l'esprit plus clair. Je le sentais quand je lisais, quand j'observais le comportement des autres. J'avais une étrange impression. Celle d'avoir troqué mes sens usés contre ceux d'un être neuf. Ou de bénéficier d'un sens supplémentaire.

Une chose que j'avais découverte en retrouvant mes sens, c'est que le personnel soignant avait l'habitude d'échanger, en présence des patients, des commentaires, les uns purement médicaux, les autres se voulant sarcastiques, le tout prononcé très vite, et avec des ellipses et des abréviations. Eh bien, tant que j'étais sous l'effet du satané breuvage, tout cela me passait sous le nez, sans que j'en saisisse un traître mot. À présent, avec un petit effort, je saisissais. J'entendais parfois des pseudonymes incongrus accolés aux patients, ou alors des révélations inquiétantes sur l'état de santé de l'un ou de l'autre, et même des paris amusés sur ce qu'il lui restait à vivre, mais je me gardais bien de réagir.

Non, je n'avais pas de plan en tête, pas vraiment ! Aucun projet d'évasion, non, rien de la sorte. J'essayais seulement de reprendre mes esprits, de redevenir un peu moi-même, pour pouvoir répondre quand ma fille m'appellerait.

Ah, encore une chose. Je faisais des exercices de mémoire. Un jour, j'étais en train de lire, comme cela m'arrivait de plus en plus souvent. C'était un vieux roman d'aventures traduit du polonais ; l'histoire était bien menée, et j'avais hâte de connaître la suite. Je m'étais mis à tourner les pages de plus en plus vite. Soudain, en relevant la tête, j'avais surpris un regard intrigué chez une surveillante. Je m'étais départi de ma lenteur habituelle, mes gestes étaient devenus vifs, nerveux, énergiques, et cette femme l'avait remarqué. Elle avait continué à me fixer, comme pour s'en assurer avant d'en parler au médecin. Je m'étais alors imposé de ralentir mon rythme, et pour cela de lire deux fois certains paragraphes. C'est alors que j'avais eu l'idée de retenir par cœur des phrases entières. Je ne sais pas si c'était utile pour ma «rééducation mentale», mais cela m'aidait à reprendre confiance en mes capacités.

Si, si, vous m'avez bien compris, cette personne m'aurait dénoncé à Dawwab simplement parce que je lisais à un rythme normal!

L'idée qui prévalait, à la Résidence, c'est que les patients étaient tous des agités en puissance, qui couvaient des crises violentes. Tant qu'ils étaient «ralentis», il n'y avait pas de risque. Tout geste brusque, tout signe d'agitation pouvait préluder à une crise.

Je devais donc rester sur mes gardes, en attendant Nadia, ou un signe d'elle.

Je suppose que, de son côté, ma fille n'avait pas de vœu plus cher que celui de me délivrer. Mais par quel moyen y parvenir? Une chose était de se faufiler à l'intérieur de ma prison pour me voir, une autre était de me faire évader.

Elle était si fière d'avoir mené à bien sa mission, d'avoir donné le change au directeur de la clinique, tout au long. D'avoir pu, par miracle, me confier la lettre en main propre. Et me parler et me tenir et m'embrasser. Elle m'avait embrassé comme on embrasse un étranger, et même pire, comme on concède une accolade à un importun; mais pour nous deux, c'était notre premier baiser.

Voilà que j'en parle comme de mon amoureuse !
Mon premier baiser à ma fille, le seul en vingt ans !
J'en étais encore secoué des semaines plus tard !
Et maintenant encore, quand je revis ces instants...

Excusez-moi ! Où est-ce que j'en étais ?

Ah oui, je parlais des projets de ma fille... Je
disais donc que sa visite s'était trop parfaitement
déroulée. Au point de lui laisser croire que toutes
les audaces lui réussiraient. Elle allait passer les
semaines suivantes à échafauder des plans. Les
plans les plus téméraires... Des plans d'enlèvement ! Elle était arrivée à la conclusion que la
ruse ne suffisait plus, et qu'il fallait se résoudre à
employer d'autres moyens. Oui, l'enlèvement ! Ma
pauvre enfant, son cœur l'égarait !

De nouveau elle se rend chez Bertrand, dans
l'espoir d'obtenir son aide. Elle ne l'avait pas rencontré depuis son retour, et elle commence par le
mettre au courant de son incursion dans la Résidence, et de sa rencontre avec moi. Il l'écoute
d'abord avec sympathie, et même avec émerveillement. Il revoit dans les gestes de ma fille,
dans l'intonation de sa voix, sa propre jeunesse,
et celle de Clara, et la mienne. Mais quand,
encouragée par sa réaction, elle lui dévoile ses
nouveaux projets, son visage s'assombrit.

« Ce que tu as fait jusqu'ici t'honore, lui dit-il.
Tu peux en être fière, et moi-même, en tant que
vieil ami de tes parents, je ne peux m'empêcher
d'en ressentir une certaine fierté. Mais attention !
Ce que tu me dis de ton père me rappelle de
manière attristante ma dernière rencontre avec
lui. Je ne serais pas un ami si je te cachais mes
vraies impressions dans une affaire aussi grave :

ton père est diminué ; il manifeste ses émotions par des gestes affectueux, par des larmes, mais il est incapable d'aller au-delà. Est-ce qu'il t'a dit quelque chose ? »

« Seulement : Merci ! Mais il ne pouvait rien dire d'autre, le directeur nous surveillait. Il ne fallait surtout pas se trahir ! »

« C'est ce que tu te dis dans ta tête de jeune fille dévouée et chevaleresque. La vérité est, hélas, différente. Moi j'ai vu ton père, j'ai passé trois heures à côté de lui, il savait qu'il pouvait parler, il ne risquait rien. Il m'aurait dit : "Emmène-moi avec toi", il serait parti sur-le-champ, escorté par l'ambassadeur et moi-même ; son malfrat de frère n'aurait pas eu d'autre choix que de se tenir tranquille. Eh bien non, Ossyane n'a rien dit, pas un mot. Et quand, en désespoir de cause, au moment de partir, j'étais revenu vers lui, il aurait eu le temps de me dire tout ce qu'il voulait, nous étions seuls. Il n'a rien dit non plus. Il a juste sorti ta photo de sa poche. Un geste affectueux, touchant, mais le geste d'un homme diminué.

« Quand je t'ai raconté cette scène, en te voyant ainsi devant moi, une jeune fille de vingt ans qui n'avait jamais vu son père, j'avais les larmes aux yeux, et toi, bien entendu, tu étais encore cent fois plus émue que moi. Tu as été admirable. Tu es allée le voir pour l'embrasser, pour lui dire que tu ne l'as pas oublié. Parfait. J'applaudis. Tu es la digne fille de deux merveilleux compagnons. Mais le moment est venu de regarder la vérité en face. Cet homme est diminué, je le répète. C'est triste, c'est profondément injuste, mais c'est la réalité. Quand je l'ai vu pour la dernière fois, il n'était déjà plus lui-même. Tout juste capable de manifester ses émotions par des larmes, ou par une accolade, rien de plus. Les seize années qu'il a passées depuis dans cet asile n'auront certainement pas arrangé les choses.

«Je ne veux même pas penser aux dangers que tu courrais en mettant un tel plan à exécution. Le danger ne t'effraie pas, et moi non plus, je te prie de le croire. Mais à supposer que l'enlèvement se déroule conformément à tes prévisions, à supposer que tu arrives à arracher ton père à cette clinique sans qu'il soit repris et enfermé à double tour. Je veux même aller jusqu'à imaginer que dans un mois, il se retrouvera ici, avec nous, dans cet appartement, assis dans ce fauteuil... Que va-t-il se passer? Tu vas te rendre compte de son état, et tu vas être obligée toi-même de l'enfermer à nouveau dans une institution. Il y a des problèmes médicaux, des problèmes mentaux et physiologiques que le dévouement d'une fille et d'un ami ne suffisent pas à résoudre. Tu l'auras arraché à une institution où il doit avoir ses habitudes, ses amis, pour l'enfermer demain dans une autre, où l'on sera peut-être moins aimable avec lui, sous un ciel plus gris...»

Ma fille était sortie de chez Bertrand en pestant. Et en se jurant d'agir seule, une fois encore. Mais sa détermination était entamée. Les paroles qu'elle venait d'entendre allaient creuser leur chemin dans sa tête.

Au moment où, moi, je remontais la pente, m'accrochant à sa promesse de ne pas m'abandonner, elle – sans se l'avouer encore clairement, je suppose – avait déjà renoncé. De là où je me trouvais, je ne pouvais pas le savoir. J'étais persuadé qu'un jour elle réapparaîtrait, et je voulais être prêt.

J'ai vécu dans l'attente de Nadia. Pendant des années, je me suis demandé chaque nuit, en m'endormant, si je ne la verrais pas arriver le lendemain, et sous quel déguisement, et avec quelles complicités.

Mais l'avenir que j'attendais était déjà passé.

Non, ma fille n'est jamais revenue me voir. Je ne lui en veux pas, pourquoi serait-elle revenue ? Pour me sauver ? Elle m'avait déjà sauvé. Elle avait prononcé les paroles qui guérissent. J'étais déjà en train de remonter la pente. J'escaladais lentement les murs de mon gouffre intérieur. Je me battais ! Pour dissiper le brouillard, retrouver la lucidité, reconstituer ma mémoire, laisser renaître mes désirs, quitte à souffrir de leurs exigences inassouvies... C'était désormais mon combat, à moi tout seul.

Je devais le mener avec une sagesse redoublée. En continuant à observer mes compagnons d'infortune pour imiter leurs manières, leurs manies. Car, je m'en rendais compte chaque jour davantage, entre l'état d'engourdissement et l'état d'éveil, rien, mais vraiment rien, n'était pareil. Ainsi, lorsque je m'exprimais, ce n'était pas seulement le rythme de la parole qui changeait, pas seulement l'intonation, pas seulement les « euh » qui disparaissaient, ces innombrables « euh » qui étiraient les phrases, les mots, les syllabes, c'était aussi le vocabulaire qui se modifiait – certains mots s'oublient quand les désirs qu'ils évoquent sont engourdis. Tout, la parole, le regard, la manière de grimacer ou de ne pas grimacer en avalant la nourriture, mille infimes détails distinguent la personne qui, le matin, a docilement avalé sa dose d'abrutissants, de la personne qui simule.

En dépit de cela, je ne songeais toujours pas à m'échapper, pas encore. Ce que j'avais reconquis était trop précieux pour que je puisse le compromettre par un acte d'impatience. Quoi? me cacher dans le coffre d'une camionnette de livraison? sauter le mur, et courir plus vite que les gardiens? Non, ce n'est pas ainsi que je pouvais saisir ma chance.

Partir, j'y pensais chaque jour. M'éloigner de l'asile, me retrouver ailleurs, oui, j'y aspirais. Mais le geste physique d'enjamber une barrière, non. J'attendais ma fille...

Et quand elle n'est pas venue, dites-vous? Votre question porte en elle sa réponse. Il n'y a pas de moment pour ne pas venir. Lorsqu'on attend avec ferveur, plus le temps passe, plus on est persuadé que le jour attendu approche. Un an est passé? Tant mieux, se dit-on, il lui fallait bien une année de préparatifs... Deux ans sont passés? Son arrivée doit être imminente...

Et puis le temps dans la Résidence ne s'écoulait pas de la même manière qu'à l'extérieur. Personne ne cochait les jours comme sur les murs des prisons. Nous étions tous là à perpétuité. Une perpétuité de jours identiques. À quoi bon compter?

La dernière nuit

Il était déjà onze heures du soir, peut-être onze heures et demie, nous étions affamés et il nous fallait une pause, alors nous sommes descendus, Ossyane et moi, manger une soupe à l'oignon dans une brasserie ouverte la nuit.

Au cours du repas, comme il y avait eu entre nous un moment de silence, il sortit de sa poche intérieure un vieil agenda en cuir rouge, fin et allongé, de ceux qui se referment avec une languette dorée.

Il me le tendit pour que je le feuillette.

— Ce sont des choses qui me passaient par la tête. Je les ai écrites les derniers temps, à la Résidence.

J'ai parcouru ces pages. La plupart étaient blanches ; sur les autres, il n'y avait qu'une cascade de phrases jetées sans titre ni rime ni ponctuation. Avec sa permission, j'en recopiai ces quelques lignes :

Derrière moi ont claqué les portes du paradis je ne me suis pas retourné

À mes pieds l'ombre de mes pieds s'allonge sur ma route entière jusqu'au mur

Je marche sur mon ombre dans mes paupières closes tels des vaisseaux de sang les chemins d'Anatolie

J'ai le souvenir d'une maison plus belle aux pierres de sable aux vitres de mirage

Dans mes oreilles le bourdonnement de la ville
le doux bourdonnement de Babel
Autrefois autrefois aux avant-postes du désert
dans l'oasis des peuples engloutis
Autrefois autrefois les échelles du ciel autrefois
l'âge d'impatience autrefois l'avenir

*Nous sommes retournés ensuite à sa chambre
d'hôtel. Nous étions exténués, l'un et l'autre, mais
le temps nous manquait, il nous fallait ce dernier
coup de collier.*

*— Il ne me reste qu'un petit bout d'histoire, dit-
il, voulant me rassurer. J'en arrive aux années
soixante-dix.*

Au-dehors se déroulaient à présent certains
événements dont les bruits parvenaient jusqu'à
nous. Par bruits, je veux dire aussi les bruits des
armes. Explosions, rafales, et les sirènes d'ambu-
lances.

Pas encore la guerre. Seulement les salves
annonciatrices. Quelques bouffées de violence, de
plus en plus bruyantes, de moins en moins espacées. Dehors, les gens comprenaient peut-être
ce qui se passait ; nous, nous n'avions que le
bruitage.

Mais ce bruitage nous perturbait. Vous ai-je
déjà parlé de ce pensionnaire qu'on surnommait
« Sikkine » ? Je ne pense pas. De tous mes compagnons d'infortune, je n'ai mentionné jusqu'ici
que Lobo, il me semble… Sikkine, c'était tout le
contraire de Lobo. Ce dernier était l'être le plus
délicat et le plus inoffensif, il me donnait parfois
l'impression de s'être laissé interner parce que les
siens avaient insisté et qu'il n'avait pas voulu les

contrarier; il estimait que le monde n'était pas fait pour lui, ou qu'il n'était pas fait pour le monde, qu'il était venu trop tôt, ou trop tard, ou au mauvais endroit, ou de travers... bref, il s'était retiré sans fracas, et ne demandait plus rien d'autre à la vie que de pouvoir, de temps à autre, s'asseoir sur le tabouret du piano.

Ce n'était pas le cas pour Sikkine. Lui, pour atterrir dans cet établissement, avait suivi un tout autre «cursus», si je puis dire: le meurtre. Un jour, dans un accès de folie, il avait couru dans les rues muni d'un couteau de boucher, et il avait eu le temps de blesser une bonne dizaine de passants, dont une femme mortellement, avant d'être maîtrisé. Son avocat avait plaidé l'irresponsabilité, thèse qui avait prévalu. Il avait été enfermé quelques mois dans une institution publique, avant que sa famille ne réussisse à le faire transférer à la clinique modèle du docteur Dawwab. On sentait parfois au tremblement de ses lèvres que des envies de meurtre le parcouraient. Mais, grâce aux tranquillisants – je suppose qu'on lui en administrait une dose plus massive qu'à nous autres –, ses envies demeuraient en sommeil.

Si je parle maintenant de lui, c'est parce qu'il avait commencé à avoir, à cette époque-là, un comportement inquiétant. Non pas violent, ce à quoi le médecin aurait su remédier, mais une sorte de jubilation muette. Chaque fois que nous parvenait le son d'une fusillade, Sikkine arborait une mine réjouie, comme s'il venait de recevoir le message codé d'un complice. Ou comme si le monde extérieur, après l'avoir longtemps mal-traité, venait enfin de reconnaître ses mérites. L'homme était grand de taille, avec des cheveux roux et drus, un cou massif et un menton proéminent. Il avait aussi des mains puissantes qu'on imaginait avec terreur refermées sur un couteau. Je ne sais pas si les autres étaient aussi inquiets que moi en le voyant sourire ; le personnel médical, en tout cas, le surveillait de près, attendant le premier signe de crise pour le ligoter. Mais il ne bougeait pas. Il se contentait de sourire.

Quand les combats se sont intensifiés, et rapprochés de la localité où nous nous trouvions, Sikkine est entré dans une sorte d'extase permanente. Les autres, malades et soignants confondus, vivaient à présent dans la terreur de voir un jour la Résidence investie. Elle était construite comme une citadelle, avec des murs solides et hauts, et sur le toit des nids de surveillance. Chacune des deux milices du voisinage pouvait avoir envie de la transformer en bastion, voire en quartier général. Ou alors quelques voyous en armes pouvaient être tentés tout simplement de piller l'endroit ; ce repaire de riches aliénés ne devait-il pas receler des trésors, à tout le moins un coffre plein et quelques objets monnayables ? Pour conjurer le danger, Dawwab payait aux petits caïds du coin une «prime de protection».

Je crois avoir déjà dit que les pensionnaires de la Résidence n'avaient pas une très haute idée du «dehors», ni des gens du «dehors». Ce qui se passait à présent ne pouvait que conforter une telle impression. Et si seul Sikkine paraissait triompher, beaucoup d'entre nous secouaient la tête avec une moue désabusée, comme pour dire : «Je savais bien que tout cela finirait ainsi !»

Moi seul, parmi les patients, étais terrifié. Pour une raison que personne ne pouvait soupçonner, à l'exception de Lobo, à qui je m'en étais ouvert, et qui s'efforçait de me rassurer : je craignais que

Nadia, entendant parler de ce qui se passait et craignant pour ma vie, ne revienne pour tenter de me délivrer. Non, je ne voulais plus qu'elle vienne. Je ne voulais plus qu'elle prenne un tel risque. Pas avant que les choses ne se soient calmées.

Aujourd'hui je sais qu'elle n'était plus disponible pour une pareille aventure. Elle venait de connaître un jeune homme et s'était récemment mariée. Puis elle était partie vivre avec lui au Brésil. Au moment où je craignais le plus qu'elle ne commette une folie, elle était enceinte, et de l'autre côté de l'Atlantique... J'ai appris, il y a tout juste quelques jours, qu'elle s'était promis d'appeler son enfant Bakou, qu'il soit garçon ou fille. C'est de cette manière qu'elle comptait désormais perpétuer mon souvenir. Le reste, les chevauchées, le rocambolesque, il n'en était plus question...

Fort heureusement, car autour de la clinique les choses s'envenimaient. Les milices avaient reçu des armes plus tapageuses encore, nous ne pouvions plus dormir ni manger ni lire ni jouer aux cartes comme avant, nous vivions l'oreille aux fenêtres, chaque lancer d'obus nous arrachait des hurlements et nous ébranlait.

Et puis, un jour, Dawwab a disparu. Lors d'une courte accalmie, on l'a vu monter dans sa voiture et démarrer sec. Je suppose qu'il en avait prévenu ses collaborateurs, car le soir même, le personnel au complet s'était volatilisé. Mais à nous, aux patients, on avait décidé de ne rien dire. Non, pas un mot. On avait dû nous juger trop encombrants à transporter, et trop imprévisibles pour qu'on nous dise la vérité. Alors on nous avait simplement laissés à nous-mêmes.

Je me rappellerai ma vie entière cette nuit-là. Nous étions sur une sorte de balcon à colonnades, au premier étage. D'ordinaire il était réservé au personnel médical, mais j'étais venu m'y asseoir, en compagnie de Lobo, et les autres nous avaient suivis, en procession, traînant leurs chaises.

Nous étions plongés dans l'obscurité, au-dessus de nous passaient des balles traçantes, jaune, puis rouge, puis jaune encore, puis verte, que nous suivions du regard. De temps à autre des illuminations, des éclairs, suivis d'explosions. Je ne parvenais plus à détourner mon regard du visage épanoui de Sikkine, me demandant à quelle monstrueuse créature il ressemblerait demain, sans les médicaments.

Nous sommes restés là sur nos chaises toute la nuit. D'habitude, on venait nous emmener pour dîner, puis nous veillions un peu, ensuite on nous raccompagnait à nos chambres avant d'éteindre les lumières. Comme personne n'était avec nous pour nous dire que faire, nous ne faisions rien. Nous restions là. Nous serions restés là indéfiniment, sans manger, sans dormir, sans bouger.

Puis le soleil était revenu derrière la montagne. Ce n'étaient pas seulement les éclairs qui s'estompaient avec la lumière, les bruits aussi. Pendant quelques courtes minutes, le calme. Le spectacle était grandiose! On pouvait embrasser du regard les collines, les villages, les cités lointaines, et le littoral et la mer, qui est à l'aube d'un azur léger, blanchâtre. Il devait bien y avoir un peu partout des maisons détruites, des cadavres dans les rues, des drapeaux sales sur les barricades... on ne voyait rien de tout cela à l'œil nu. Rien que l'immensité paisible. Du bleu, du vert, et même des gazouillis d'oiseaux.

Brusquement, une pétarade. Suivie d'une autre. Et encore une. Tout allait bientôt reprendre. Je me suis levé. J'ai dit à voix haute : «Je m'en vais.» Personne n'a réagi. Sikkine a eu un sourire un peu plus appuyé. Je me suis tourné vers Lobo, l'interrogeant du regard. Alors il s'est levé aussi ; mais seulement pour me taper sur l'épaule en disant : «Bonne chance!» Il m'a tourné le dos, il est parti. Quelques instants plus tard, son piano jouait le concerto de Varsovie. Les bombardements avaient repris de plus belle, mais ils ne parvenaient pas à couvrir la musique, ils l'accompagnaient.

Je suis allé dans ma chambre, j'ai rassemblé quelques objets. Pas de valise ni de serviette, seulement ce qui pouvait tenir dans mes poches. Quelques papiers, un peu d'argent, mon agenda, et des médicaments, rien d'autre. Je suis parti.

À pied, oui. J'ai franchi la porte principale, et j'ai marché sur le bord de la route, droit devant moi, en direction de la capitale. Une bonne quinzaine de kilomètres. En temps normal, personne ne songe à les parcourir à pied. Mais rien n'était normal, ce matin-là. Ni moi, ni le chemin, ni les gens, ni les circonstances. J'ai marché. À mon allure. Sans me hâter, mais sans jamais m'arrêter. N'écoutant rien, ne voyant rien. Je marchais en regardant le bout de mes souliers et les cailloux du chemin. Seul. Ni piétons, bien sûr, ni véhicules. Même dans les agglomérations, les gens se terraient, ou dormaient encore.

Ma route passait devant la maison familiale. Ou ce qu'il en restait. Je suis entré, j'y ai fait un tour, je suis reparti...

— *Attendez!*

(Cette parenthèse, j'ai longtemps hésité avant de l'ouvrir. Je m'étais promis de laisser mon héros seul en scène, avec les personnages qu'il évoquait. Mais il me semble que je faillirais à mon rôle si je gardais jusqu'au bout le silence sur le fait qui suit : au commencement de notre entretien, jeudi, quand Ossyane avait prononcé pour la première fois le nom de son frère, j'avais sursauté; je venais de me rappeler avoir lu, peu de temps auparavant, dans un entrefilet, qu'un homme d'affaires nommé Salem Ketabdar, qui avait été ministre, brièvement, dans les années cinquante, avait été retrouvé mort dans les décombres de sa maison, située sur une colline disputée, tout près de Beyrouth.

À plusieurs reprises, j'avais failli signaler la chose à mon interlocuteur, et chaque fois je m'étais ravisé, me disant qu'il vaudrait mieux le laisser aborder cet événement de lui-même, dans le cours de son récit, plutôt que de le contraindre à anticiper. J'avais la curiosité de savoir à quel moment, et par quels mots, il évoquerait le sort de sa maison natale, comme celui du frère détesté; et si leur disparition simultanée avait un rapport quelconque avec son départ du pays.

À ce point de l'histoire, il ne pouvait tarder à en parler. Je le guettais. Mais il ne mentionna que fur-

243

tivement son passage dans la maison. Trop furtive-
ment. Et il s'apprêtait déjà à poursuivre sa route. Je
devais l'interrompre.

— Attendez !

J'étais mal à l'aise, plus qu'à aucun autre
moment au cours de ces trois ou quatre jours passés en sa compagnie. Je ne voulais pas brusquer les
choses, ni détourner son récit, je voulais que sa
parole s'écoule dans son propre lit, en quelque
sorte… Et cependant, je ne pouvais m'accommoder
à l'infini de ses silences, le temps pressait.

Je lui avais donc demandé :

— Votre maison, comment l'avez-vous trouvée ?

— En ruine. Les murs n'étaient pas écroulés,
mais noircis par le feu, et criblés de trous…

— Vous n'y êtes pas resté longtemps…

— Non. J'en ai fait le tour, j'ai ramassé les clés,
je suis parti…

— Quelles clés ?

— Toutes les clés. Voyez !

Il sortit de sa malle un vieux cartable d'écolier,
dont il versa le contenu sur le lit. Il devait y avoir
une cinquantaine, – que dis-je une cinquantaine ?
c'étaient peut-être cent, deux cents clés qu'il avait
répandues sur le lit, certaines en trousseau, d'autres
solitaires ; quelques-unes somptueuses, à l'ancienne,
forgées et comme sculptées… Il avait recueilli les
clés des placards, des coffres, des tiroirs, des portes
intérieures, des portails ; ramassé aussi celles qui
rouillaient depuis des lustres dans des boîtes en fer-
blanc… La nécessité de les rassembler et de les
emporter avec lui en voyage m'échappait, à vrai
dire ; pour lui, l'utilité de ce « sauvetage » ne semblait
faire aucun doute ; je préférai ne pas le contrarier.

Mais dans ma tête, que de questions se boscu-
laient : Pourquoi diable ne me parle-t-il pas de son

frère ? L'a-t-il vu mort, barbouillé de sang, ou bien agonisant – image insoutenable qu'en son extrême pudeur il s'efforcerait d'oublier ? Ignore-t-il encore ce qui lui est arrivé ? Ou alors, se pourrait-il que... La chose paraît aberrante, mais, par souci d'honnêteté envers l'histoire que je rapporte, je dois en faire état puisqu'elle a traversé mon esprit : Se pourrait-il que l'homme qui se tient devant moi ait lui-même, au cours de sa brève incursion dans la maison en ruine, commis un fratricide ?

Je le regarde de plus près, sans timidité. Je contemple ses yeux limpides, ses mains d'oisif ; sa tête de vieil enfant, ses lèvres sereines et polies... Il ne ressemble en rien à un homme torturé, encore moins à un homme capable de tuer de sang-froid. J'ai beau l'examiner, je ne décèle que pureté et droiture. Rien de suspect, sinon, à l'extrême rigueur, un léger tremblement au visage, infimes secousses souterraines ; et aussi, de temps à autre, certaines absences dans le regard, que je n'ai pas toujours signalées ; rien que son long calvaire ne puisse expliquer, amplement...

Non, je n'allais tout de même pas soupçonner Abel du meurtre de Caïn ! Je chassai vivement de mon esprit ces idées sombres. Tout me portait à croire qu'il ne savait toujours pas, à propos de son frère ; personne n'avait dû le lui apprendre, et il n'avait tout simplement pas dû lire les journaux.

Je me dis : n'en parlons plus ! J'espère qu'il ne s'est pas rendu compte de ma perplexité, je m'en voudrais de le quitter sur cette note indigne...

Mais, juste par acquit de conscience, une dernière question :

— Il n'y avait personne dans la maison ?

— Personne. J'ai poursuivi ma route.)

Aux abords de la capitale, il y avait plus d'animation. J'étais arrivé dans une banlieue tapageuse mais paisible, paisible ce jour-là, tout au moins. Un taxi a accepté de me conduire jusqu'à l'ambassade de France. Où j'ai prononcé le nom de Bertrand. Mon sésame. Les portes se sont ouvertes. Les machines ont cliqueté. Et le lendemain, j'étais à Paris. J'ai eu de la chance. Mon ami s'apprêtait à partir pour trois semaines au Japon. Il a retardé son voyage de quarante-huit heures pour me voir.

Nous nous sommes rencontrés. Il était un peu confus, je dois dire. Confus de m'avoir considéré comme perdu, et surtout de l'avoir écrit aux uns et aux autres, même à Clara... Mais comment le lui reprocher ? Tout semblait indiquer que j'étais irrécupérable. De toute manière, je n'en veux plus à personne...

J'ai passé avec Bertrand une longue journée, à deviser, comme autrefois. Il devait prendre un vol de nuit, nous avons essayé d'utiliser au mieux ces quelques heures. Il y avait tant de choses à rattraper. Il m'a parlé de Nadia, de ses projets, de leurs conversations, de son mariage, de son enfant...

Puis il a voulu parler de Clara. Je l'ai interrompu. Je n'ai aucune envie de savoir ce qu'elle a pu vivre en mon absence. Je suppose qu'en vingt-huit ans, elle ne s'est pas contentée d'attendre et de se lamenter. Je n'ai pas envie d'écouter des explications circonstanciées. Des noms, des dates, des prénoms... Nous nous sommes aimés un jour, et tout ce qui nous a séparés n'était pas de notre fait. Je n'ai plus le temps de regarder en arrière.

J'ai seulement demandé à Bertrand de me donner l'adresse de ma femme. Je lui ai écrit. J'ai mis une journée à lui écrire. Je lui ai raconté tout ce qui m'était arrivé, comme je l'ai vécu. Comment j'étais tombé, et comment, grâce à Nadia, je m'étais relevé.

Puis je lui ai donné rendez-vous.

Non, elle ne m'a pas répondu, je n'ai pas laissé d'adresse où elle puisse répondre.

J'aurais pu l'appeler, c'est vrai. Mais j'aurais été trop ému, au téléphone, j'en ai tellement peu l'habitude ; après tout ce qu'on a dû lui raconter sur mon état mental, elle aurait pu se méprendre sur le sens de mon émotion...

Je ne voulais pas non plus qu'elle me réponde trop vite. Je ne suis pas sûr d'être en état d'entendre sa réponse de vive voix, qu'elle soit positive, d'ailleurs, ou négative.

Je lui ai donc seulement donné rendez-vous. Le plus rapproché possible, tout en lui laissant le temps d'arriver... si elle décidait de venir.

Je m'étais demandé quel jour choisir, et quel endroit. Et puis la solution s'est imposée à moi, comme une évidence. Reprendre, tout simplement, notre ancien rendez-vous. Le 20 juin, à midi, quai de l'Horloge. Entre les deux tourelles.

Oui, le 20 juin, c'est demain.

Elle était bien venue à l'autre rendez-vous, pourquoi ne viendrait-elle pas à celui-ci ? Vous ne croyez pas ?

Dimanche

Nous nous sommes quittés à l'aube. Une poignée de main, chaleureuse, reconnaissante, de part et d'autre, mais sans idée de se revoir. Et sans cette question à laquelle je me serais attendu : qu'avais-je l'intention de faire de ces notes que j'avais accumulées, six calepins à l'écriture hâtive. J'aurais répondu que je n'en savais rien encore – comment aurais-je deviné que son histoire allait dormir vingt ans dans une chemise ? Mais il n'a rien demandé. Il avait pris, je crois, l'habitude de verser sa vie sur sa route sans jamais s'arrêter pour la ramasser.

Aurait-il remarqué que mon dernier regard posé sur lui était chargé d'inquiétude ? Aurait-il soupçonné ce que je tramais ? Je crois qu'il était déjà beaucoup trop absorbé par son rendez-vous pour me prêter la moindre attention supplémentaire. Je m'étais trouvé sur son chemin un jour où les heures s'étiraient. J'avais meublé un vide, peut-être aussi assouvi quelque envie secrète chez lui de consigner son existence sur papier. À présent, il souhaitait que je le laisse. J'ai quitté sa chambre d'hôtel.

Ce que je m'apprêtais à faire, je n'en étais ni fier ni honteux. Je devais le faire, c'est tout. Quelques minutes avant midi, je suis allé à son rendez-vous. Non pas quai de l'Horloge, mais juste en face, sur l'autre rive de la Seine, m'asseoir au premier étage d'un café. Comment aurais-je pu faire autrement ? C'était l'aboutissement inéluctable des journées précédentes. Je tenais à savoir si cette femme existait, à quoi elle pouvait ressembler, si elle allait venir au rendez-vous, et comment serait leur rencontre au bout de vingt-huit ans.

Je n'étais ni fier ni honteux, disais-je ? Si, d'une chose au moins j'avais un peu honte : je m'étais muni de jumelles. Il le fallait. Je ne sais pas ce que disent les guides sur la largeur du fleuve en cet endroit, mais je m'étais assez souvent promené sur ces berges pour savoir qu'il n'est pas facile de voir d'une rive à l'autre. Reconnaître un homme qui fait les cent pas, si l'on sait qu'il doit être là, si l'on devine sa silhouette, sa tête blanche, son cou tendu sur le côté, passe encore. Mais pouvoir observer son visage, ses yeux impatients, son poignet qui se retourne sans arrêt, découvrir qu'il porte dans la main ce qui ressemble à un bouquet de muguets tardifs...

Il est midi à ma montre et je ne suis pas sans angoisse. Qu'elle vienne, et une vie recommencera. Des années nombreuses sont passées, mais le temps est une illusion. Le passé, heures et jours et semaines et décennies, a la même épaisseur de cendres ; le temps à venir, dût-il aller jusqu'à l'éternité, se vit une seconde après l'autre. Que Clara vienne, et leur histoire, un moment entravée, repartira sur sa route.

Mais si elle ne venait pas ? C'est cette éventualité qui m'angoissait. Ossyane ne vivait plus que pour ce rendez-vous, s'est-il seulement demandé ce qu'il ferait si, à l'heure indiquée, elle ne venait pas ?

Je commençais à avoir des doutes sur les vraies raisons qui l'avaient amené à choisir ce lieu de rendez-vous. Cette rampe, ce pont si proche, ce fleuve qui a recueilli depuis des siècles tant de serments désespérés...

À ma montre, il est midi et trois minutes. Chaque fois que je lève mes jumelles pour regarder par la vitre, le jeune couple sur la table voisine échange des chuchotements dégoûtés. Je ne sais pas ce qu'ils s'imaginent. Ce que je fais ne les regarde pas, mais ils me mettent mal à l'aise. Là-bas, mon homme s'agite. C'est en tout cas l'impression qu'il me donne de loin, il a tourné deux ou trois fois sur lui-même, il vient de se pencher au-dessus du fleuve, où passe une péniche. Des touristes, sur le pont, font des signes, peut-être à son adresse. Il ne répond pas, et se détourne. Je ne vois plus son visage. Ses épaules me semblent affaissées.

Je laisse sur la table le prix de mon café, et je m'en vais. En marchant vite. Peut-être ne sera-t-il pas content de me voir arriver, peut-être se départira-t-il de sa courtoisie pour me dire de ne plus me mêler de son existence... Il n'empêche, je suis dans cette ville, jusqu'à nouvel ordre, son seul ami, ou tout au moins la seule personne que son sort ne laisse pas indifférent.

En m'engageant sur le pont au Change, je jette un coup d'œil à l'homme, qui est toujours immobile, et un autre coup d'œil à ma montre. Midi neuf. Je presse le pas.

Arrivé au milieu du pont, je m'immobilise. Je retiens mon souffle. Une femme est devant lui. Menue, les cheveux gris, une robe sévère mais le visage rieur et les yeux déjà clos. Lui a toujours la tête baissée, et le dos appuyé sur la frise, il ne l'a pas vue. Elle s'approche. Murmure quelques mots, je suppose. Car Ossyane relève la tête. Ses deux bras s'élèvent aussi, lentement, comme les ailes d'un oiseau qui se serait longtemps déshabitué de voler.

Ils sont maintenant l'un contre l'autre, collés. Ils secouent leurs têtes de la même manière, à l'unisson, comme pour faire honte au destin qui les a séparés.

Ils se tiennent avec rage. Je crois qu'ils ne se sont presque rien dit encore, et qu'ils pleurent. Je sens mes propres lèvres qui tremblent.

Puis ils s'écartent un peu l'un de l'autre, sans se lâcher. Leurs quatre mains demeurent entremêlées, mais ils ne sourient plus. Clara paraît lancée dans une longue explication ; Ossyane écoute, penché en avant, la bouche entrouverte. De quoi parle-t-elle ? Peut-être lui dit-elle ce que fut le passé sans lui. Peut-être parle-t-elle de l'avenir, de leur avenir ensemble. Mais peut-être aussi lui explique-t-elle, avec mille égards, pourquoi leur amour est encore impossible.

Vont-ils repartir en se tenant par la main, ou bien chacun de son côté ? Je suis tenté d'attendre, je voudrais tant savoir. Mais non, cela suffit, il faut que je m'éloigne.

Il y a bien des couples de passants qui se sont arrêtés et qui les observent, intrigués, attendris. Moi je ne peux pas les observer de la même manière. Moi je ne suis pas un passant.

Composition réalisée par INTERLIGNE

Achevé d'imprimer en mai 2009 en Espagne par
LITOGRAFIA ROSÉS S.A.
Gava (08850)
Dépôt légal 1re publication : avril 1998
Édition 13 – mai 2009
LIBRAIRIE GÉNÉRALE FRANÇAISE – 31, rue de Fleurus – 75278 Paris Cedex 06

31/4424/3